童年的糖是最甜的

潘石屹

謹以此書獻給
飽受貧窮、疾病折磨
卻始終將她的愛和善良
給予周圍所有人的
媽媽

目次

心向

——但願人世和諧

思索——以精神力量挑戰變化

攜手——達沃斯、博鰲、亞布力

頂立——成為「蓋房子」的人

大規模與創新

遠雄企業團董事長

接觸中國房地產的大集團，一定能體會「大規模」與「創新」的重要性，特別是最近兩岸經濟往來關係解凍，開放大陸人士來台觀光，兩岸交流，雙方合作的緊密度與關連性，必定會是全球經濟注目的焦點。尤其不動產發展的重要性，全世界各先進國家房地產財富約佔整體財富六十五％，歐美先進國家房地產貢獻也占GDP約十五％左右，各國施政均重視房地產政策。依據行政院主計處最新公佈二〇〇五年國富調查毛額一百二十八兆組成結構，不動產總值約八十三．六五兆元，比重約佔六十五．二六％，依二〇〇五年底台灣地區七百二十六萬户家庭數計算，平均每户家庭資產淨額相當於八百二十四萬，其中房地產價值近三百一十萬（佔三十七．六％），可見不動產政策對人民財富影響的重要性！

潘石屹董事長絕對是一位具影響力的重量級人士，很欣賞他對人生閱歷極細膩的洞察與思想的擴展，特別是願意記錄下來與讀者分享。我與潘董事長的成長背景很類似，只是他的生活很精采，很值得玩味。我也始終相信在當今快速變遷的競爭環境下，無所謂永遠的贏家，唯有不斷適應環境，讓自己活得更有希望的人，才能從學習中不斷修正人生的方向，以邁向更高層次的成長。

很榮幸先閱讀他的大作，房地產企業家的文學創作，難能可貴，更感佩他廣闊的腦海裡，能隨時將儲藏的新知，與生活閱歷組合為新看法、新思維、新方向，而且會努力去實現的！我們均信奉服務法則，一路走來始終秉持高度服務熱忱來接近客户及社會大眾，以既有基礎，進行全球化、全功能之佈局，隨時隨地以客户的需求為最重要考量，提供最快速、最保險、最經濟且品質最好的服務內容。

當我閱讀時，雖然不時會被瑣事打斷，但重拾書本的意念卻很堅強，一口氣要了解與分析他的人生、他的理念以及他的企業經營。我深信短篇小故事絕對不會有閱讀的壓力，讀這本書卻讓人回味再三，因為很多做人處世的大道理在裡面，尤其用誠實打底的小故事最可貴，因為眞實而更具有可讀性與實際性。

記得小時候我也會為了一毛錢能買二顆「糖甘仔」而努力打拚，也捨不得吃而感到它的珍貴，後來再與村裡的小孩分享更是喜悅，因為渴望而努力獲得，更因為與人分享而備感珍貴。但是我沒有能耐撰寫文字，彙整出生活的點滴過程。藉由潘董事長的才華，我深受感動，也心存感激，這本書值得大家用 SOHO 的心境去品味！

院
内

鄉愁

我的老家村裡的故事

01

飢餓的記憶

那一年，在外地工作的遠房叔叔，來到了村裏，給我們每個小孩發了一塊糖。我在此前只是用舌頭舔過白砂糖，從沒有吃過塊糖，我們山村裏的供銷社也沒有供應過這稀罕的東西。不小心，也是沒有經驗，我把這塊糖吃到了氣管裏去了。據後來大人說當時我憋得全身發紫，再後來不知大人用什麼辦法取出了這塊糖。這一年對我很重要，如果這塊糖不能及時地取出來，我今後的哪一年就都沒有了。糖果對鄉下的孩子是很誘人的奢侈品，尤其是棒棒糖。我在今年之前從來沒有吃過棒棒糖，今年，也就是我四十歲的年份，兩個兒子要吃棒棒糖，我買了三個，給自己也買了一個，四十歲第一次吃棒棒糖，眞甜。

那一年的一天傍晚，村口土坡上一隊年輕人又是敲鑼打鼓，又是喊叫。我的父母急忙從屋裏跑出去聽，回來說是「九大勝利閉幕了」，媽媽對爸爸說，主席還是毛主席。爸爸沒有表情地說，那當然。我在納悶這樣大的會，沒有召開，怎麼就閉幕了。沒過多長時間，我們村裏有了大喇叭，代替了人的喊聲。但大喇叭裏講的話我聽不懂。父親告訴我，我們講的是土話，大喇叭裏講的是普通話。聽得多了，慢慢就聽懂了。村裏有了大喇叭是件很新鮮的事，他們天天在放。這一年很重要，我從此有機會聽普通話了，也是轉折性的一年，如果這村裏的大喇叭要晚安幾年，我的普通話會更差。我工作後積累的第一筆錢，就是給家裏買了一台電視機。媽媽長年癱瘓在床，電視對她太重要了。三大件中的電冰箱和洗衣機是很後來的事了，沒有多少食物要保存，也沒有多少衣服要洗。從那以後，我的過年標誌就是回到老家，在西北的熱炕上看中央電視台的春節聯歡晚會，一年都沒有落下。

到了一九九〇年，那一年，我在海口，沒有路費回家。海島上很淒涼，內地人基本上都回大陸了。臘月三十快到吃晚飯的時間，街上的餐館都早早關門回家準備自家的年夜飯去了。我與當時我的同事和朋友祝軍好不容易才找到一個大排檔，我們倆一邊吃著河粉，一邊盤算著這年怎麼過。祝軍問我有錢沒有，我說，沒有錢了。問他，他說，自從放出來後就從來都沒有過錢。祝軍建議說，乾脆我們倆扒火車，不花一分錢，看能不能到我們各自的老家，天水和南京。我沒有同意，我想北方的天氣太冷了，這沒把握的事要搞不好，會凍死在貨車廂裏。祝軍最後說要去儋縣的熱帶作物學院去看他的女朋友，因爲她暈車不能來海口。晚上祝軍騎上自行車走了，從海口到儋縣的距離是一百七十多里，當時還沒有高速公路。

送走了祝軍，我想要把自己的除夕夜安排好，最重要的是晚上能看到中央台的春節聯歡晚會，這時家裏的人也一定都在看這個節目，如果能看到這個節目，就像和自己家

人在一起過年一樣。我與我住的招待所二樓的女服務員談好，晚上在她的值班室看那台黑白電視。但看節目看到晚上九點多，服務員說她要睡覺，不讓我看了。我只好出來，自己一個人過了一個最孤獨的除夕夜。

過了這孤獨的除夕夜，時間到了一九九一，這是我最難忘的一年。海南省的建設熱潮過去了，經濟停擺了，湊熱鬧的那撥人基本都返回大陸了。我當時管理著一個磚廠，磚是一塊也賣不出去。磚廠的民工走得不到一百人了，他們都是拿計件工資，沒有活幹，他們也就沒有任何收入。過完春節，我去了磚廠，留下的近一百人中大部分是四川人，也有一部分山東人，都沒有飯吃。四川人餓得受不了就捉老鼠吃，山東人說，老鼠有毒不能吃。看到這種情景，我回想起半年前，我們還情緒激昂地要辯個是非出來，而如今眼前一切都變得平靜，變得死一樣的平靜，可怕的平靜。我走到民工的工棚裏，問他們上頓飯是什麼時候吃的，有人說是昨天，有人說是前天。餓著肚子的民工，也是一樣的平靜，靜靜地躺在那裏。這是我度過的最低潮的一年，在這一年看不到任何的希望和生機。

也是這一年，經易小迪的推薦，我當上了海南省佛學會的秘書長，在一個無聊的年份，清談一些有聊的話題和閒事。一次開清談會，我叫祝軍和我一起去。因爲自從認識祝軍後，我們倆就經常一起切磋《易經》，他的頭腦裏有許多形而上的想法。開會時，祝軍說，我不懂佛的事，但我想我的老祖宗是幹這事的，你們看我的姓就知道了。會後大家埋怨我叫了這外行來胡說八道。這一年，就這樣無聊地度過，像一粒種子在冬天等待春天一樣的安靜。

接下來的幾年，就是偉人的南巡、房地產的泡沫等等，我在匆忙和熱鬧中度過了幾年。突然，有一天想起祝軍，從朋友那裏打聽到，他已出家了。隨後的幾年中，我常常想起與祝軍在海島上共同度過那困難的歲月，也想正是因爲有一批像祝軍這樣的朋友，精神上才感到很充實。又過了幾年，突然，有一天接到祝軍的電話，說要來看我，我很高興。見面後，祝軍告訴我，不出家了，現在在搞ＩＴ。並告訴我他的孩子已經和我的辦公桌一樣高了。

02

我的小學

我的小學是在鄉村的廟裏度過的。這座廟分兩部分，一部分供奉菩薩的叫耕讀小學，另一部分供奉家神的叫東柯小學。東柯小學是一所正規的五年制小學，耕讀小學只有一位老師，姓李。在我剛上小學時李老師成了現行反革命，被抓走了，判了三年的徒刑，耕讀小學也就黃了，房間空了，除了菩薩沒有活人了。一天，有位姓吳的同學悄悄地告訴我，他在菩薩面前撿了一個蘋果吃了，是有人獻給菩薩的。從那以後，我經常一個人偷偷地去菩薩的屋子，看能不能撿點什麼吃的，我的運氣不好，每次都看到慈祥的菩薩面前什麼也沒有。

我們小學採用的語言是當地的土話，與天水市裏講的話差距很大，鄉下的人很看不起天水市城裏人講的話，總覺得他們講話不誠實。我也發現我們村裏人講話的速度比天水市人講得慢，也沒有他們講話那樣輕。與普通話的差距就更大了，當地把普通話稱爲「偏言」，只有來我們生產隊的住隊幹部才講「偏言」，大部分人也聽不懂。我記得有一次開批鬥大會，住隊幹部用普通話講了一大堆，最後讓被批判的老太太做檢查，談對自已錯誤的認識，老太太講，你的「偏言子」我沒有聽懂，氣壞了住隊幹部。大隊書記忙著解釋，我們隊上的群眾水平不高，沒有聽懂領導的講話，不要生氣。有些像抗日電影中對付皇軍的情景。

小學畢業後，因爲公社中學給我們學校的名額很少，照顧貧下中農的孩子還不夠，我的家庭是「四類」家庭，更是排不上號。我哭著去找叔叔，他在公社的中學當老師。走後門成功了，我上了中學。

我上的是社辦中學，我想是爲了區別村辦的學校，正式的名稱叫「東泉中學」（我們的公社叫東泉公社，現在已經改名叫馬跑泉鄉了）。上中學後，許多老師講普通話，我聽起來比較費勁。化學老師就是講普通話。他說，物質世界是由分子構成的，分子是由原子構成的，原子是由原子核和核外電子構成的，老師在黑板上畫了一個原子結構的圖。世界是這樣的？我帶著疑惑去問叔叔，叔叔告訴我：「你現在最重要的不是瞭解世界是怎麼構成的，重要的是你身體不好，得過腎炎，中學畢業回生產隊已經參加不了重體力的勞動，要抓緊中學的時間學習一兩門吃清閒飯的手藝。現在我們村裏沒有電，但是過幾年一定會有電，所以，你要學電工，會接電燈，會裝開關。還有，現在的社會政治運

孩子們在教室門前玩耍

二○○三年，重回我的小學教室

動多，牆上寫的標語口號多，你要學習寫仿宋體字和黑體字。」我後來苦練了一陣寫標語口號，到現在仿宋字寫得還不錯，但是有了電腦，我的這點優勢也顯不出來了。

命運比我設想得好得太多。改革開放了，爸爸平反了，來了一輛解放牌的卡車，把我們全家人的東西拉進了城，癱瘓的媽媽沒有擔架，我和爸爸用床單臨時做了一個擔架。到了城裏，我們借住在一位爸爸的老同事家，汽車開不進胡同，我和爸爸用擔架抬著媽媽，一隻手還拖著丟了鞋的弟弟。城裏人都探出頭來看我們這跟難民似的一家人，卻沒有人來幫我們，我感到城裏人和人之間的距離。從此我們全家開始了城市生活。那年，我十四歲。

《易經》中有「否極泰來」一句話，我想對應我們家的情形正好。

二十年過去了，命運沒有讓我去當農村的電工。我已經開始給城裏人蓋房子，城裏人叫「房地產開發商」。這種叫法絕不是抬舉人，房地產開發商一般名聲都不大好，如果有人叫你「房地產開發商」，尤其在電視劇裏，十有八九是在罵你，遠沒有「蓋房子的」中性一些。

小時候吃的苦，讓我養成了一切從簡的習慣。講話不要講廢話，也不要講永遠正確的套語。幹活別擺沒有用的花架子，要有效率。蓋房子也少一些沒有用的裝飾和建築符號。現代建築中假惺惺地去模仿古代的建築符號，中國的建築去學習歐陸風情等等這些形式主義的建築，我都認爲是在無病呻吟，裝腔作勢。現代建築中有一種思想叫「極少主義」「少就是多」，我能夠理解並接受。近些年我們蓋的房子最重要的思想是「極少主義」，盡可能少的線條，盡可能少的色彩。世界本來不複雜，是人們自己給自己找麻煩，大自然中的動物、植物、流水，沒有多餘的東西和動作。當有多餘的東西出現時一定是發生了問題，比如癌症。

又過了幾年，在我的生活中出現了電腦、網路。我想隨時隨地打電話，於是有了手機；我想隨時隨地辦公，於是有了筆記型電腦；我想照相不浪費膠卷，於是有了數位照相機；我想不整天趴在桌子上畫圖，於是有了Autocad……

二〇〇四年的春天，現代化的交通工具把我運到了我的老家。我始終沒有在這裏用我已經練好的仿宋字寫一條標語口號。沿路還是有許多的標語口號，但是內容不再是「批林要批孔，斬草要除根」之類的，而是「計畫生育、退耕還林、三個代表」的內容。漫山遍野的油菜花開了，從山頭一直到山腳下，鋪天蓋地的黃，一直深入到我的心裏。我從來沒有發現我的家鄉是如此的美麗。我想拿出高級的數位照相機，但是又想，再高級的照相機，也不如人的眼睛，我要用父母給我的眼睛和心，感受家鄉這醉人的油菜花的美。

我去了我的小學校——那座供奉著菩薩和家神的廟。在我曾經上過課的教室，看到了我當年用過的土坯做的「桌子和凳子」，幾十年過去了還在那裏，老師告訴我，從我們年級用過後就再沒有學生用了，改用木頭的桌子了。一切都變化了，但是村裏的人們把普通話叫「偏言」的叫法還沒有變。一位老尼姑走過來對我說，菩薩請你上去一趟。我說，我時間緊，要趕飛機，今天就不去了。車子經過村口的小河時，發現小河的兩旁有了綠色，雖然看不太清楚，但我想一定有薺薺菜和斜蒿。小時候，放學了，我常採這兩種菜讓媽媽熗漿水吃。那是世界上最好吃的東西……想了許多，眼睛有點潮，鼻子有點酸。

我又匆匆地上路了，趕向一個我已經熟悉的世界，一個現代化的、財富的世界。但是我在這個世界所做的一切正確嗎？

三十三年後轉了一圈，又回到了原點。菩薩還在原點。「世界是由分子構成的，分子是由原子構成的」理論也沒有改變。但是在我的心裏，原點是這樣的美，這樣的浪漫，這樣的自然……

北京洁利
保清洁迎奥运

03

我不是小偷！

上小學時，我們小學在一個小廟裏。廟後面是一大片蘋果園，每天中午小學同學都有蘋果吃，我記著媽媽的話，不敢去「偷」。同學偷的也有時分給我一些吃。年年如此，從蘋果花剛落，一直「偷」到果子成熟。一天中午，我大著膽子去「偷」蘋果，剛摘了兩個蘋果，聽到看蘋果的老大爺喊了一聲，我忙丟下兩個蘋果就跑，老大爺又喊把摘下來的蘋果拿上再走，我又急忙從地上撿起兩個蘋果，跑回了教室。這是我人生唯一的一次「小偷」歷史。

小學畢業後，去鎮裏上中學，當時鎮還叫公社。鎮離我們村有近十華里路，鎮上的同學看不起我們從山村裏來的同學。剛進校門不久的一天，放學後，我坐在教室裏看書，後排坐著三個女同學在聊天，有位女同學要把本子放在抽屜裏，另一個女同學讓她拿走，免得丟了。這位女同學惡狠狠地說：「哪個山貓偷我的本子，我就剁斷他的手！」我回頭一看，除了她們仨人，教室裏就我一個人了，也就是唯一一個從山裏來的同學，這不就是說我是小偷嗎？這不就是要剁我的手嗎？

我心裏很難受，跑出了教室，跑出了學校。在回家的路上看到天很藍，麥苗很綠，油菜花很黃……我眞想對著它們大喊一聲：「我不是小偷！」

現代城的標準房建成後，我們希望能與我們客戶有同感、有共鳴，也能幫助我們進一步改進。有一天，我去了標準房，遇到了一個客戶，也可能是客戶的媽媽，或是客戶的奶奶。從我們的宣傳VCD上看過我的模樣，像美國人打海珊用的圖像定位的導彈一樣，盯上我了。抓住我胳膊，給我講：「現代城欺騙了我們！裝修不豪華，太簡單，設計不合理，顯不出我們的檔次！顏色太土……」

我眞想再大喊一聲：「我不是小偷！」

04

舊廟裏的知識與飢餓

舊廟裏的幾十個小學生全是我們村裏的。有一次，我因爲沒鉛筆，被老師趕出了教室，在門口站著。媽媽下地幹活路過教室時看到了我，問我爲什麼被老師趕出來了，我對媽媽講：「我的鉛筆用完了。」媽媽看到我手中一段捏不住的鉛筆……她也很發愁，家裏沒有錢買鹽和煤油，哪有錢買鉛筆。我們學校的另一位老師潘林玉看到後借給媽媽一毛錢，媽媽跑到村上的供銷社買了三支鉛筆，又借了供銷社的削鉛筆刀，削好了一支，送給了我：「有了這麼多的鉛筆，今後要好好學習。」我點頭回到教室。

過了不久，潘林玉老師帶我們班的語文和政治課。在我的記憶中我一直就是個好學生。但卻不能參加紅小兵，班上的同學都一批批地戴上了紅領巾，我很羨慕，但我是不可能的，因爲我的爺爺是國民黨、奶奶是地主分子、爸爸是右派。國民黨、地主和右派的概念對我一個小學生來說還不是很清楚，但我知道這些都是給我們帶來災難的壞東西。小學四年級時，在潘林玉老師的極力推薦下，我終於以「可教育好子女」的身分加入了紅小兵，戴上了紅領巾。潘林玉老師只有小學三年級的文化程度，爲了給我們教好

課，他不斷地自學。我們學校裏文化程度最高的是一個看廁所的老大爺，潘林玉老師不懂的問題總是虛心地向這位老大爺請教。下課休息和課外活動的時間，大人總是不讓學生亂跑，大家都吃不飽飯，不亂跑可以節約糧食。常常是潘林玉老師和我們一起聽這位看廁所的老大爺講故事。

突然有一天，我們在教室的黑板上看到潘林玉老師給我們寫的一段話，原文記不清了，大概的意思是：我要離開你們了，你們要好好學習，要做革命事業的接班人。潘林玉老師離開我們去任大隊的書記了，他不是黨員，成了書記也是件怪事，傳說是在入黨和任命書記的時間上做了手腳。從此，在大隊的高音喇叭上天天可以聽到他的聲音，要抓緊抗旱之類。從我有記憶以來，我們的村子，年年缺水，年年抗旱。他動員全村人去川里村的地裏撿白菜葉子，撿回來的白菜葉子可以做成酸菜，留到沒有糧食的月份吃。我想潘林玉老師當了書記，村裏的人一定就不會再挨餓了，但事與願違，糧食更少了。也就在這一年，父母做出決定，爲了生存，把我的兩個妹妹送給了糧食比較多的人家。一年十二個

小學教室的門還是和過去一模一樣

月，每年的糧食最多只能吃七八個月。年年怨天怨地，總說是自然災害。同樣的天，同樣的地，包產到戶後，糧食都夠吃了。

前年，我出於對啓蒙老師的感激，請潘林玉老師來北京，在我家住了幾天。我問他，當時你爲什麼不給我們當老師了，而去當大隊書記？他告訴我：「一天早晨，天還沒有亮，我睡不著了，在村口的大槐樹下，看到村上有七戶人家，去逃荒要飯去了。我就趕到公社去，要求當村上的書記，他們就答應了。」村上的人很要面子，去逃荒要飯也要在夜色下，怕人看到了笑話。也是這一年，村上有兩戶人家的媳婦，確實餓得不行了，去了陝西，等來年糧食下來後，她們才又回來。

北方的冬天很冷，又吃不飽飯，教室的桌子和凳子都是土坯砌的，沒有火，教室就像一個冰窖似的。每年班上都要讓同學們打一些洋槐樹子，賣給收購站，換點錢，再買點柴火過冬。一天，我們四個同學，去鄰村打洋槐樹子，他們村的人發現了，不讓我們打樹子，還要拿走我們的背簍，最後雙方打起來了。我們被他們打得鼻青臉腫，滿臉是血。回到我們的村口遇到了潘林玉老師，這時他已經是我們村的書記了，問我們是不是和別人打架了，我們把事情的經過告訴了他。

潘林玉馬上讓人帶話給那個村的書記，讓他們來給我們道歉，「否則，你們村的人就別想走這條路了。」我們村前有條路，是那個村通向公社唯一的一條路。沒幾天，這個村的書記給我們道歉來了，第一句話是：「我給你們大隊裝煙來了。」後來我才明白「裝煙」在我們當地就是道歉的意思。

05

夢想做廚師

小的時候有過夢想，但是當我後來到蘭州上學，到北京上學，以及之後在整個下海的過程中，就基本上沒有什麼夢想了。我學的東西特別具體，像學機械、學石油，天天研究油的黏度有多高、怎麼運過去，煉的時候怎麼煉，然後，把公式記住，一大堆，好多係數。這些東西特別具體，越具體就越沒有夢想。

我小時候的夢想——特別是在上小學的時候——是做醫生，想當華佗和張仲景。當醫生的夢想一是因爲母親常年生病；另外整個村子裏面缺醫少藥。上初中時最大的夢想是做廚師，太餓了，餓得我沒有辦法。只要從學校食堂門口經過，就覺得裏面的廚師是全世界最好的職業，天天待在廚房裏，好賴能吃飽。到現在，有時候我還會作在中學時作的夢，就是在學校裏走，突然撿到了幾張菜票，趕緊跑到食堂買饅頭、買菜吃。起來以後枕頭都是濕的，因爲流口水。整個中學，我的夢裏不斷重複著撿菜票的情景。

前兩年有一次我回蘭州，我開車到學校，已經半夜了，想去食堂看看。到學校門口，傳達室的人不認識我，不讓我進去，說閒雜人員不讓進。我就問他當年的食堂在哪

蘭州市黃河上的鐵橋

兒？他說食堂已經修馬路了。後來我出錢給原來的母校建了學校的大門和圍牆，那個地方正好是我當年夢寐以求的食堂的原址。我覺得醫生的夢想和廚師的夢想，是我發自內心的，當時就覺得這個職業眞好，以後的所謂夢想都是人爲灌輸的。

我生長在甘肅天水，小時候生活條件不好，在一起上小學的同學中有近三分之一的人因爲各種各樣的原因死了。我記得一個秋天，我在去上學的路上，突然有個同學叫我的名字，說：「你幫我請個假，我現在要到地裏面去拔一些穀子。」我問：「你幹什麼？」他說：「昨天晚上弟弟死了。」他說得很平淡，那時候做不起棺材，拿穀子稈把死的小孩包進去，然後就埋掉了。緊接著有好多同學死去，沒兩天就會發現少了一個，過幾天又少一個。

我的家鄉甘肅天水

其中有一個是我堂弟，跟我的年齡差不多。出麻疹，可能是引起了併發性的肺炎，如果當時送到醫院去，吃點消炎藥，輸輸氧氣也就活過來了。但農村迷信，說鬼來了，在頭上面倒騰，等送到醫院，人已經死了。他叫克里，跟競選失敗的美國總統一個名字；還有一個叫吳敬善。我記得一次放假的時候，我們學校有一把椅子，老師讓他把椅子扛到辦公室

去，結果他到了門口就在椅子上坐著。我問他怎麼不送進去，他說人要是能一輩子在椅子上坐著多好。一個假期之後，他就死了。他的死當時對我的觸動很大。

現在，別人對身邊的人生病可能並不緊張，但是直到現在，我只要家裏的小孩或是大人生病了我就特別緊張，可能與我小時候身邊不斷死人，尤其那些小小年紀就死去，這種體驗有很大的關係。

前一段時間張欣不在家，我每天晚上跟兩個小孩一塊睡。白天很忙，晚上還要陪他們，所以，睡得太死，把一個小孩的胳膊壓了一晚上。壓麻了，他醒了哭了一場，我趕快哄他。早上，很早又要安排他們起床，眞是很累。現在的孩子和我小時候的差別太大了。

記得我上小學的時候，家長和班主任從來不溝通，不像現在天天要跟孩子的老師通電話。我小時候每年放假老師都要給寫一個評語，就四五句話，一般前面寫的都是認眞學習，做革命事業接班人什麼的，後面一句話肯定總是寫缺點。我總是對這個缺點特別提心吊膽。

有一次老師給寫評語，因爲我學習成績一直都不錯，所以前面的都是優點，最後一句是「但個性太強」。我當時想老師說的「但」肯定是一個很大的缺點。我不知道「但個性太強」是什麼東西，我甚至不知道「但」是轉折。我把評語帶回去以後，我想我爸肯定訓我了，我爸看了以後說挺好的，個性太強是優點，不是缺點。

我爸對我的影響挺大的。小時候，我們家門口有一條河，每次發洪水的時候，我們都特別高興，只要一發洪水，我爸一定帶我們去。甘肅是黃土高坡，一般不發洪水。發洪水的時候最先漂下來的是上游山上的東西，有各種各樣的草、樹、木頭，漫山遍野；有一種木頭，我們叫做浪木，是很好的燃料。有的時候也會沖下來一些玉米、蘋果、土豆，我們都背回來。每次發洪水，我們就像過節一樣，覺得又要沖下來什麼好東西了。而且每一次去，我爸第一個帶的人就是我。這個小故事，給我的感受是，人還是應該多跟自己的孩子待在一起。人的童年對一生的成長很重要。

在我們家，我和張欣在孩子的教育問題上有過分歧，最早選擇學校的時候，張欣覺得在她身邊，有好多人長著中國的面孔，但一句中文不會講，漢字也不會寫，再娶上一個黑人，自己的標識性整個都不清楚。我們的小孩是中國人，要上中國的學校，要會寫中國字，要會說中國話。但是我覺得都國際化了，應該送到國際學校去。我說：「我都耽誤了，英文也不會說，別把我兒子再耽誤了。中文相對簡單，好賴在這個環境裏是能學會的。」

06

找到同桌的你

早就聽熟了的一首歌是〈同桌的你〉，知道那是高曉松作詞，老狼演唱的。

在新浪部落格大賽頒獎會上見到了高曉松。他很健談，先是說「漢王」公司給我送了一部手寫電腦這件事，他很不滿意，說越有錢的人，別人越給送東西，越沒錢的人，就越窮。他是用這個例子來說明部落格的一個現象，在部落格上點閱率高的，就會越來越高，點閱率低的就永遠沒有出頭露面的機會。有一些名人，他們在社會上的知名度本身就很高，他們開了部落格後，很多人就會慕名而來，點閱率自然就非常高，而那些沒有名的人，想得到大家的承認，想提高點閱率是非常困難的。

高曉松又說，寫作一定要有氣氛，像古代的詩人。他列舉了一大堆名字，說這些詩人大部分都是在青樓裏寫出優美的詩歌，如果自己一個人關到黑屋子裏就沒有任何啟發，看不到美女是寫不出好的作品的。只有兩三個是例外，他也列出了名字，但我記不清了。我忍不住插話說：「你把新浪部落格比成青樓了。」高曉松說：「青樓和妓院是兩回事。」然後又是一大堆的理由。

在我的記憶中，高曉松、老狼和〈同桌的你〉是連在一起的。那次高曉松的發言給我留下很深的印象，同時也讓我想起了發生在我的部落格上的一件事。

我在一篇部落格文章中，提到我的中學時代，沒想到，我的一位中學同學看到了，她馬上就發表了評論：「看到老潘的這張照片，依稀鏈結復原了老潘中學時代的模樣，那時與老潘的教室一牆之隔，偶爾去他們教室找表姊張光亞玩耍。老潘在他們班屬於年齡小、個子小，坐在第一排比較搶眼的那種人。有一次數學作業展示，拿來幾個作業本讓大家觀摩。記得有石積玉、姬嘉琪、潘石屹等人。那幾人都對上了號，唯獨不知潘石屹何許人也，就問表姊：潘石屹是哪個？表姊答：就是第一排最利索的

西行時路過一所學校，這些孩子長大後會不會記得「同桌的你」？

那個，潘老師的侄子。我說：長得白淨、頭圓圓的、笑瞇瞇透著一股機靈勁的那個？表姊說：就是的。其實用現在成年人的眼光看就是：乾淨、天庭飽滿、樂觀向上的一個陽光男孩。記憶中的潘石屹眼睛大且明亮。」

這段部落格上的留言把我帶回了中學時代。這位留言的同學是我的校友，她的表姊是我的同班同學，長得很漂亮，學習很好，尤其是字寫得特別漂亮。按現在說法就是「校花」。當時，我剛從山溝裏來到公社所在地上學，對那裏的一切都很膽怯。我們上中學時，男女同學之間是不說話的，我與我們班上這位校花一句話都沒講過。這也是幾十年後我第一次聽到她在背後對我有這樣高的評價。所以我馬上給這位網友留了言，問她表姊現在什麼地方，並請她代我向她表姊問好。她給我回覆說，她表姊嫁給了我們鄉一位稅務專管員的兒子，育有一女。這時，我又想起老狼唱的〈同桌的你〉，裏面有一句歌詞：「我也是偶然翻相片，才想起同桌的你。」我們那個時代從來沒有照過相，也沒有留下任何的照片，但現在通過部落格也可以找到同桌的你。

〈同桌的你〉

明天你是否會想起
昨天你寫的日記
明天你是否還惦記
曾經最愛哭的你
老師們都已想不起
猜不出問題的你
我也是偶然翻相片
才想起同桌的你
誰娶了多愁善感的你
誰看了你的日記
誰把你的長髮盤起
誰給你做的嫁衣
你從前總是很小心
問我借半塊橡皮
你也曾無意中說起
喜歡和我在一起

那時候天總是很藍
日子總過得太慢
你總說畢業遙遙無期
轉眼就各奔東西
誰娶了多愁善感的你
誰安慰愛哭的你
誰看了我給你寫的信
誰把它丟在風裡
從前的日子都遠去
我也將有我的妻
我也會給她看相片
給她講同桌的你
誰娶了多愁善感的你
誰安慰愛哭的你
誰把你的長髮盤起
誰給你做的嫁衣

爺爺

前不久，我們去了歐洲，到了法國。在美麗的藍色海岸，走訪了海岸邊上幾乎所有的城市，並到了普羅旺斯的小山村。那裏美好的景色和對歷史的尊重讓我感動。

一件童年時期的往事，非常清晰地出現在我的腦海裏。

當時我多大，我已經不記得了，反正還沒有上小學，可能是五六歲多一點。我的親爺爺在我出生前就去世了，爺爺的弟弟，我也叫他爺爺。一天爺爺被村裏的基幹民兵抓走了，去辦學習班，家裏人讓我去給爺爺送饃去。到了大隊部門口，民兵班長用槍口對著我，質問我幹什麼？我嚇哭了，但不敢哭出聲來，看到爺爺坐在一間黑屋子的地上。

爺爺很慈祥地說：「是我孫子給我送饃來了。」

我這才被放進去，見到爺爺就大聲哭了出來。

這樣，在我的記憶裏最早有了「槍」、「基幹民兵」、「學習班」的概念。

稍大一點，我問爸爸，爲什麼要把爺爺抓起來？爸爸跟我講，縣委書記提出要貫徹「以糧爲綱」的政策，要把在地裏生長了幾十年，甚至上百年的樹都砍掉。你爺爺反對，就抓起來了。小時候地裏的參天大樹從此再也不見了，但村裏糧食並不見多，反倒一年比一年少了，逃荒要飯、跑到陝西關中平原的人越來越多。

今天家鄉的荒涼與眼前法國小山村裏鬱鬱蔥蔥的景色形成很大的反差。

現在我們在二鍋頭酒廠原址上要建現代城，一號、二號樓之間有一棵大樹，我關照讓工程總監李虹保護住。經過拆遷、鋼筋、水泥、塔吊的摧殘，不知是否還活著。從法國回來，下飛機後，我去看過，儘管傷痕累累，但那棵樹還活著，活著就好。不知在今後現代城的園林設計中是否能派上用場。

在歐洲看到了許多美景，看到了許多花園，邊看邊照相，全都帶回來了，希望取回來的是眞經，而不是皮毛。我們將與我們的園林設計師一起工作，把住在現代城的人們的院子建成一個美好的花園。也許園林建成後，如同我們現代城的房子一樣，會有各種不同的意見，但我們用心了，用腦了，也用情了。希望兒時憧憬的美好景象，能在現代城再現。

爺爺在我上小學一年級時去世了，到今天我還不知道他叫什麼名字，打電話問父親，父親說：「你三爺名叫潘爾廉，字礪齋，逝世於一九六八年。他是餓死的，他死後，我們去他屋裏，發現已經沒有一點糧食了。」

疼愛我的爺爺。

疼愛一草一木的爺爺。

我多麼希望你不是被餓死的！

08

我們家和鴉片的故事

上上個世紀末，上世紀初，鴉片這種毒品在英國人發動鴉片戰爭之後的幾十年流傳到了我的家鄉——中國甘肅。我最初對鴉片這種毒品的瞭解是通過家裏人和村裏的老人講給我聽的，村裏老人講的都是我們家族祖輩關於鴉片的故事。

那時我們的家族是個富有的大家族，這種富有我想也只是當時中國最偏僻農村的貧富標準，如果按今天的標準也只能算是一戶溫飽人家而已。但到了我爺爺的爺爺這一輩，家裏的人染上了抽鴉片的嗜好，村裏人常常說，我們家有「十八桿煙槍」，意思就是有十八個人在抽鴉片。家人的身體狀況和精神狀態也都因爲抽鴉片慢慢垮了，家裏的事再也沒人管，家境很快就衰敗了。

我的爺爺當時只有十歲出頭，他在我們天水一個叫馬跑泉的地方上學，是家裏人唯一的希望。

有一次爺爺回來晚了，爺爺的爺爺一直在等他，回家見爺爺還沒回來，就跑到高崖上的場院邊等他。等見到爺爺以後，對爺爺說：你今晚如果不回來的話，我也就不想活了，我就從這崖上跳下去了。這家人被鴉片害到這種程度已經沒法自己救自己了，只有靠爺爺給他們帶來一絲生命的希望。

後來，爺爺的姥爺（外公）把爺爺介紹給了一個姓丁的親戚，這位姓丁的親戚帶爺爺一起到甘肅文縣去收稅。

甘肅文縣離四川九寨溝很近，只有四十公里的路程。去年我去九寨溝時，汽車就從文縣的縣城境內穿過，我想到當年我爺爺就是從這裏走出來的，於是就對車上在座的各位說：我的老家在甘肅，文縣曾是我爺爺收過稅的地方。接著旁邊的一位導遊說：九寨溝周邊的妓女都是從文縣來的。這句話眞讓人掃興。

爺爺在文縣收了一年多的稅之後，就到了北京，然後又到了廣州，並上了「黃埔軍校」，成了一名軍官。我的伯父也跟隨他一起成了一名軍人。後來伯父在山西中條山與日本人打仗時陣亡了。據村裏人講，伯父是爲了救我爺爺而陣亡的。而爺爺一直活到解放後。

因爺爺是國民黨的軍官，我們家的成分就被劃成了地主。據家裏人說，其實我們家當時並沒有多少土地，爺爺一生克勤克儉，對自己和家裏的孩子們要求非常嚴格，據說他從來不用香皂洗臉，只用最便宜的肥皀。但無論在外面什麼地方，如果見到天水人，都會給那位天水人十塊大洋。所以在以後歷次的政治運動中，老家周圍善良的人們總是保護著我們的家人。在那個特別的年代，有許多人都死於非命，而我們家雖然經過歷次的政治運動，家庭出身又很不好，卻沒有任何一個人死於非命。

中條山戰役

晉南戰役或稱中條山戰役，為抗日戰爭的大型戰役之一，地點是在中國山西中條山，起始時間為一九四一年五月八日。中國國民革命軍守軍喪失大部分隘口。中條山位於山西南部、黃河北岸，境內溝壑縱橫，礦藏豐富。與太行、呂梁、太岳三山互為犄角，戰略地位十分重要。就日方而言，得之，即佔據了南進北侵的重要「橋頭堡」，既可渡河南下，問津隴海，侵奪中原；又可北上與其在山西的主要佔領地相連接，所以，中條山地區被視為抗日戰爭時期「關係國家安危之要地」。

爺爺後來總結我們家族破敗的原因是抽鴉片煙導致的，於是他要求自己的後代無論在任何時候、任何地點都不能吸煙。到今天爲止，他的後代中有好幾十人了，卻沒有一個抽煙的。同時他要求他的後代們無論在任何艱苦的環境中都不要忘掉和中斷學習、讀書。在他的孫子中，有好幾個都是博士、博士後。

長大以後才發現，其實這是爺爺留給我們最寶貴的財富：好好做人，好好讀書，不抽煙，不喝酒，不吸毒。最簡單的道理，卻讓他的後代受益無窮。

有人常對我說：你在商場上做生意，從來不喝酒，不抽煙，這生意還能做嗎？我說：行。以做生意爲由來抽煙、喝酒，都是爲自己抽煙、喝酒找的藉口。甚至有人爲了能理直氣壯地抽煙、喝酒找出各種各樣的藉口來欺瞞自己和家人。

抽煙、喝酒這些不良的嗜好會影響到一個人的健康和精神。如果一個人有了這些不良的嗜好，他就不可能健康；如果一個家庭有這些不良的嗜好，這個家庭就不能興旺。大到一個國家和民族也同樣是這個道理。我旅遊經過一個城市，聽說這個城市裏有許多人在吸大麻，他們都很快樂地生活著。但我想無論他們眼前有多快樂，也無論這個城市有多好的資源，沒有幾年時間，這個城市一定會變成一個醜陋的城市，因爲這裏的人健康受損了，人的精神也受損了，這樣一個城市還能漂亮嗎？還能興旺嗎？

張欣常對我說：做不做什麼偉大的事情，有沒有什麼偉大的想法，都不重要，但最起碼最基本的是每天要把自己洗乾淨，衣服穿乾淨，講話和氣、禮貌。如果堅持不抽煙和不喝酒，也就更容易達到老婆制定的標準。

人人都盼著自己健康，家庭興旺，國家富強，民族復興。這是每一個人的企盼，而實踐證明，戒煙、戒酒、戒毒對健康和精力，對知識的擴展和頭腦的敏銳都是有很大好處的。如果一個民族和國家的每一個人都不抽煙、不喝酒，這個民族的體力、智力就會遠遠優於其他任何一個民族，想想看，那這個民族的復興、國家的昌盛能沒有希望嗎？

09 狼的故事

看完《狼圖騰》這本書後，讓我想起的是小時候，我對狼的最初印象以及和狼打交道的經歷。

我出生在甘肅天水，在歷史上這個地方叫秦州。歷史上的大部分時間這個地方是屬於陝西。與甘肅省更西北的甘州、肅州的風俗習慣完全不一樣，近代才把秦州劃分到了甘肅。我們天水的許多語言、風俗、飲食習慣更像陝西，天水與陝西的聯繫更緊密。秦州人從歷史上就是給陝西人當「麥客」，秦州人去當「麥客」時，總是帶上一袋炒麵。有麥子割時，吃陝西人的飯；沒有活幹的日子，就吃自己帶的炒麵。所以，陝西人把我們秦州人叫「炒麵客」，而把整個的甘肅人都叫「洋芋蛋」，因爲甘肅人的主要食物是土豆（馬鈴薯）。無論陝西人如何看我們甘肅人，甘肅人心目中八百里秦川的陝西，是富裕的，是誘人的。

解放前，天水有一所國民黨的騎兵學校，養了許多軍馬。據說馬得病死了後，就把牠們扔到我們村子對面的山溝裏面去，馬的屍體吸引了許多狼，方圓幾百里的狼都彙集

秦州

甘肅天水原名古秦州，歷史文化悠久，是人類始祖伏羲的故里。歷史名人，如李世民、李白等，都是古秦州人士。扼陝甘川之要道，自古為隴右門戶、戰略要衝和商貿中心，是古絲綢之路上一顆璀璨奪目的明珠。現為隴東南最大的交通樞紐和商品物資集散地，受西安、蘭州兩大城市的雙向輻射，是聯繫西北與中原、西南的交通樞紐。秦州區橫跨長江、黃河兩大流域，氣候溫和，四季如春，素有隴上「小江南」之稱。

到我們村子附近，據村子的老人講自從有了騎兵學校，我們村子附近的狼成倍地增長。解放後，我爺爺回到了村子。據我父親說，我爺爺常告訴他，當農民太輕鬆了，太好了，比打仗輕鬆多了，也沒有任何危險。他在我們村子對面的山上開了一塊荒地種土豆，這塊地到現在地名還叫「狼窩里」，在地邊上有一狼窩，裏面有許多狼。據我父親說，他小時候跟我爺爺在地裏刨土豆，地邊上的狼跑來跑去，互不侵犯，相安無事。

我們村子對面的半山坡上有個小村子，叫河溝里。這個村子住著幾戶人，有一戶人家的媳婦是從階州娶來的。階州是歷史上甘肅的一個州，現在的地名叫隴南。所以她講話和我們當地人不一樣，大家都叫她階州媳婦。她有一個女兒，女兒很小時，她帶著女兒在地裏幹活兒，狼來把女兒叼走了。階州媳婦看見女兒被狼叼走，一直追狼，狼叼著女兒跳下了幾丈高的懸崖，階州媳婦也跳下去，跳到了狼的身上，狼丟下她女兒跑了。多少年以後，我回到老家，很關心這個小女孩的下落。村裏的人說，小女孩長大成人，已經出嫁了，嫁給了鎮上的一戶富裕人家，現在日子過得很好。

我七八歲的時候，當時爸爸右派還沒有平反，我們還在農村，養了一頭豬。這頭豬不是我們當地的品種，是頭洋豬。餵豬的事情基本上全是我幹，從小就盼望著豬長大，殺豬過年，這對小孩兒來說是最高興的事情。天天餵豬，是件很累的事，似乎和這頭豬沒有多少的感情。一天晚上，一隻狼跑進了我們家的豬圈，豬大叫，我爸爸衝進豬圈趕走了狼，豬的嘴被狼咬掉了一塊肉，豬嚇得全身直打哆嗦，緊緊地靠著牆。爸爸趕走了狼，我拿著煤油燈去給爸爸照亮，看看豬的傷口。從這件事後，我好像和這頭豬有了很深很深的感情，在和狼的戰鬥中，我們和豬是一條戰線的。過年了，這頭豬被殺了，讓

《狼圖騰》書影

我們家過了一個高高興興的年，在煮好的豬頭上缺了一塊兒肉，媽媽說這就是那天晚上被狼咬掉的一塊兒，這是我記憶最深的。

又過了一年，我們村子裏突然出現了一條反標（反動標語），大隊書記把所有識字的人全都召集起來，要破案，晝夜不能回家，關了許多天，也不在地裏幹活兒了，寫反標的反革命案也沒有結果。最後，大隊書記決定用投票表決的方式來決定誰是寫反標的反革命分子。一天深夜，我爸爸突然跑回家，跟我媽媽說，投票結果是他的票最多，可能要出事了，他告訴我媽媽，第一反標不是他寫的，無論到什麼時候都要給他伸冤；第二，一定要帶著兩個孩子活下去。在睡夢中我被爸爸媽媽叫醒了，爸爸又簡單地跟我說了一下事情的經過，說他有可能成爲反革命了。他說我是一個男孩兒，一定要像男子漢一樣，要幫助媽媽和妹妹一起活下去，無論到任何時候都要活下去。他反覆強調反標不是他寫的，要爲他伸冤。當天晚上我感到了恐怖，比那天晚上狼鑽進了我們家的豬圈更恐怖。也是從那天晚上起，我發現我長大了，我身上有許多的責任，要保護我的媽媽和妹妹。最後我們村子的反標案件破案了，是耕讀學校的一位老師寫的。這位老師曾給我上過課。接下來的日子就是這位老師被五花大綁、遊行批鬥。他旁邊總有兩個持槍的民兵，我見到後很害怕，我怕民兵用槍把這位老師打死在我面前。

又過了一年，我們村子來了許多知識青年。我家的雞圈裏有四隻雞，過了兩晚上全沒有了，許多人說不是狼叼走的，是知識青年晚上偷走煮了吃了。到現在我也不知道我們家的四隻雞是被狼吃了，還是被知識青年吃了。

人死有沒有靈魂

記不清那是什麼年份，但我清楚記得是一年冬天，一個西北黃土高坡的冬天。

那天語文課上正好講到一篇魯迅的文章〈祝福〉，寫魯迅老家祥林嫂悲慘的一生。學完課文後，我情緒很低落。放學回家的路上，聽到村子裏不時傳來殺豬時豬嚎的聲音，到臘月底了，西北農村的人家要殺豬準備過年了，有點像浙江人過祝福節前夕。我回到家一邊吃飯，一邊還想著〈祝福〉中的情節。

阿毛在祥林嫂剝毛豆時，被狼叼走了，被找到時，他躺在草叢中，五臟已經被狼掏空了。那年月我們西北經常有狼出沒，常常會聽說狼又吃村裏誰家的小豬了，倒是從沒聽說有狼吃小孩的事發生，但大人罵小孩，最惡毒的話就是「狼食」、「狼吃的」。阿毛的遭遇加大了我對狼的恐懼。我弟弟妹妹都很小，大人讓我看護他們，那時我時常擔心眞會有狼來。後來我一年年地長大了，待過的城市也越來越大，對於狼，也只能是在動物園裏看到了的，沒有了狼對生命的威脅，我幼時的那種恐懼也隨之消失。

我記得〈祝福〉裏的另一情節是「我」（魯迅）回到老家，遇到已經成了乞丐的祥林嫂。

祥林嫂說：「你是識字人，又是出門人，見識多，我正有一件事要問你。」

她走近兩步，放低聲音地問：「一個人死後，究竟有沒有靈魂？」

「也許有吧，我想。」「我」（魯迅）說。

「那麼也該有地獄了？」

「地獄，論理，也該有。」「我」又說。

「那麼，死掉的一家人就能見面了？」

「實在我也說不清，有沒有靈魂，我也說不清……」「我」說。

第二天早晨，「我」聽外面有人喊，「老了」，「老了」。祥林嫂在別人過節慶祝的日子裏死了。

這個情節，比阿毛被狼吃掉的情節對我的影響更深，更長遠，一直到今天，我都清楚地記得。當年語文老師是一位徹底的唯物主義者，他對我們說，人死了就死了，什麼都沒有，哪來的什麼靈魂。這靈魂都是像魯四老爺這樣的地主、資本家麻醉和矇騙祥林嫂這樣的廣大勞動婦女的精神鴉片，同學們不要相信。

前幾天，去書店，看到一本光明出版社出版的《魯迅小說經典》。翻到〈祝福〉重溫了一遍，自己問自己：「人死後有沒有靈魂？」我還是不能回答。

我實際一直在心裏問，祥林嫂臨死前問魯迅的問題。

「人死後究竟有沒有靈魂？」

魯迅先生

如果有靈魂，我們的靈魂有什麼樣的特徵？我們的靈魂有好壞之分嗎？我們的靈魂能進步嗎？如何才能讓我們的靈魂進步？……

從九寨溝回成都的路上，沿途向山磕頭的人。

11 六媽

上世紀七十年代初，我的家鄉大旱，糧食收得很少。村子裏的許多人都翻過秦嶺去陝西要飯了。父親常說，我們家的人飯量小，所以不用去要飯。政府隔幾天發一次救濟的食物，是從河南運來的紅薯乾，用開水煮著吃，也可以磨成麵，做饃吃。我們從小吃慣了玉米麵，覺得紅薯麵做的饃很難吃，吃了之後常冒酸水。但無論如何也要感謝河南人，這次大旱中，河南人的紅薯不知救了多少甘肅人的命。父親很少與村子裏的人打交道，遇到領救濟糧的事，總是我去。有一次我去領救濟糧，隊長不發給我，說是有政策，不能發給地主家。我回來跟父親說了沒有領到的原因後，父親去與他們交涉，終於搞清楚了政策界限，是不發給地主分子家。奶奶是地主分子，但已經與我們分家了。

我們家沒有地主分子，所以政策容許我們繼續活下去。領到了紅薯乾，回家的路上，我很高興，但我發現父親一直不高興。回到家，媽媽很高興地告訴我們說，中國的衛星上天了，還會唱〈東方紅〉。奇怪的是父親一直沒有高興起來。我大了以後，才看到有「嗟來之食」一說，說的是春秋時齊國發生了饑荒，有人在路上施捨飲食，對一個饑餓的人說：「嗟，來食！」饑餓的人說，我就是不吃嗟來之食，才到這地步的。終於不食而死。父親一定早就知道有這則典故。中國古代人寧可餓死，也不吃嗟來之食的骨氣，眞是讓人佩服。

我們村子這一帶，把孀子叫媽，把叔叔叫爸爸。媽叫媽媽，爸爸叫大大。六媽是死了第一個丈夫後改嫁到我們家的，嫁給了我的六爸。據媽媽說，六媽剛改嫁到我們家時，她和爸爸也剛回到農村，六媽長得特別漂亮。六媽特別喜歡孩子，但她的命不好，生了幾個孩子都病死了。在那缺醫少藥的年代，在我們村子裏死小孩是經常的事。每個孩子的死對六媽的打擊都很大，特別是一個和我同歲的兒子，名字叫克里。克里病死

後，六媽哭得死去活來。六媽特別喜歡我，有一次，我去問六媽，劉少奇被打倒了，他

還有飯吃嗎？六媽說，孩子別擔心，毛主席是好人，不會讓劉少奇餓死的，至少一天能

吃上一碗麵條。我小時候總在想，劉少奇比我們吃得好。在我的心目中，麵條可比紅薯

乾好吃多了。

我們家進城後，我也出來上學了。六媽在我們家住了幾天，說在城裏住著不習慣，又回鄉下去了。我好多年在外上學，後來給城裏人蓋房子，回家鄉的次數越來越少。前幾年回到村子去，六媽請我到她家去吃饊飯，一種用玉米麵做的食物。和六媽在一起吃饊飯時，我眞有點不習慣，沒有桌子，沒有盤子，只有一隻大碗和一雙筷子。六媽住的房子沒有任何的變化，房子的大房桌和花瓶也沒有變化，但總感到房子小多了，沒有小時候大。六媽問我，在北京城裏能不能吃飽，吃的飯習慣不習慣？我說習慣了。六媽說，你小時候長得很胖，也很漂亮，現在瘦成這樣了，以後要注意身體，多吃飯。我說，好！六媽，放心吧。

前幾個月，六媽的女兒，也就是我的姊姊到北京來，住在我家。她說六媽去世了。我說，你怎麼沒有告訴我？姊姊說，六媽不讓。臨終前她說，活著的時候，太給他添麻煩了，死的事，千萬不要再麻煩他了。聽姊姊講到這裏，我流淚了。

12

老祖宗被人偷了

老家村裏的人們打電話給我們家，我媽媽接的電話，在電話裏他們說「老祖宗被人偷了」！而他們現在是聚集在族長家給我們家打電話。媽媽聽不懂他們講的是什麼意思，「老祖宗」怎麼能被人偷了呢？父親接過電話問清了事情的來由。原來是我們潘家家廟裏的三幅畫被人偷走了。這算是全村發生的一件大事了。有點像賓拉登把美國人的世貿大樓炸了一樣。村裏許多老輩人都聚集到一起商量，如何才能把這些畫找回來。

我問父親，我們老祖宗的畫像畫的是誰？父親說他看過這幾幅畫，並不是我們老祖宗的畫像，而是四個藏傳佛教喇嘛的畫像。據說，在清朝時期，大約是康熙、雍正年間，我們家鄉這一帶發生了瘟疫，死了許多人，我想和今天發生的禽流感、「非典」（SARS）差不了多少吧。當時，整個村子都人心惶惶，村子請來一個喇嘛，畫了這三幅畫像掛到了家廟裏，沒過多久，瘟疫消失了。所以這三幅畫像就一直保留下來，成為保佑我們村子平安的寶貝。又經過了幾百年的變遷和風風雨雨，這三幅畫一直保留到現在。

潘氏家族宗祠

現在潘家的家廟就是我上小學時的教室。學校建了新的樓房以後，我當年上小學的教室就又還原成了當時的家廟，這三幅畫就掛在家廟的牆上，前幾天不知被誰偷走了。被發現後，頓時村裏人心惶惶，大家都非常著急，趕忙去派出所報案，我想他們跟派出所的人說的一定也是同樣的話：「老祖宗被人偷了。」因爲我聽說派出所不給立案，原因是不立「老祖宗被偷」這樣的案子，以前也沒有這樣的案例。這下村裏人便更著急了。後來派出所又說：除非能夠在文物部門證明這是件文物，我們派出所才有理由去立這個案子。這兩天，村裏的人又趕到縣上的文物部門去證明我們的「老祖宗」是屬於文物，好讓派出所去立案。

中午我和父親一起吃飯，問起此事，說還沒有結果，案還沒有破，村裏的人仍然很著急。我對父親說：很可能是小孩偷走的。父親說：也不一定，有可能是小孩，但也有可能是大人。家族之間鬧矛盾，可能想給這一派當族長的人一些顏色看看。想起來都複雜，我就沒有細往下問，吃完飯回辦公室上班了。

疙瘩娃

小的時候只知道這個婦女的名字叫「疙瘩娃」（我們老家的習慣是把那些個子永遠也長不高的人叫「疙瘩」）。「疙瘩娃」不知道自己的年齡，也不知道自己姓什麼。她出生在甘肅省秦安縣一個偏僻的山村裏，很小的時候，父母都被餓死了，只有她和哥哥兩個人相依爲命。哥哥下地幹活的時候，她就在地裏揀野菜。有一天揀野菜的時候，她遇到了一個手裏拿著菜團的陌生人，陌生人對她說：你要是跟我走的話，我可以天天讓你吃上淨麵的饃。於是這個小女孩就跟著陌生人走了，從隴海線的渭水峪車站坐車，坐到了伯陽火車站。那是一個很小的車站，陌生人就把「疙瘩娃」賣給了伯陽的一戶人家，得到了一塊饃和一小塊麵餅之後就走了。「疙瘩娃」跟著這戶人家並沒有吃上淨麵的饃，每天吃的都是糠和野菜。過了沒多久，伯陽這家人也不要她了，就把她送到了我們的鄰村華南埠，但她的境況也沒有多大的改變，每天仍然吃不飽，穿不暖，晚上甚至不能在房間裏睡覺，而是睡在柴堆裏，身上蓋著柴就當被褥了。後來我們村子有一個婦女去華南埠串親戚時看到了她，就對那家人說：這孩子，你們要不要？不要的話我就帶走吧。就這樣，「疙瘩娃」就到了我們村子裏了。長大之後又與我們村子另外一個從外地逃難來的小伙子結了婚，並生了一個孩子。雖然有了家庭，有了孩子，但在那個缺吃少穿的年代，「疙瘩娃」並沒有過得更幸福。「疙瘩娃」的孩子剛出生沒多久的時候，有一天，爸爸正帶著還很小的我們一起吃西北傳統的早飯——饊飯，突然聽有人喊：有人跳井了。爸爸馬上帶著一根繩，叫了三個小伙子從井裏把這個跳井的人撈了上來，才發現這個跳井的人就是「疙瘩娃」。

很多年後有天中午，我跟媽媽聊起這事的時候，我問，是不是這女人生完孩子之後得了「產後憂鬱症」？媽媽說不是，在那年代，可能「疙瘩娃」確實是沒有活路了，沒法活了，所以想跳井自殺。就這樣，從爸爸和另外幾個村裏面的叔叔從井裏面救了「疙瘩娃」一命開始，「疙瘩娃」跟我們家就結下了很深的關係。

之後饑荒結束的那一年，「疙瘩娃」帶著一張信紙、一張郵票和一個信封找到我媽，說想找找她自己的村子、自己的家在哪裏，想讓媽媽幫她寫一封信。但她只記得被人販子拐上火車站的站名叫「渭水峪」，所以媽媽猜想應該是甘肅省秦安縣，於是就把這封信寫到秦安縣渭水峪。開始接連發了兩封信，那年月在我們西北逃荒要飯、失散的人太多，信發出去後，倒是有好幾家人都來認她，但她看了之後都覺得不是自己的家人，不是自己的哥哥。在第三封信發出去之後，終於有了消息，她的哥哥找到了她。儘管分別了好多年，但她一看到她哥哥就認了出來，哥哥終於找到了自己的妹妹，也非常高興，終於找到了自己的妹妹。當時哥哥勸「疙瘩娃」：你已經結婚了，成家了，也有

天水位於甘肅省東南方

孩子了，就好好地過，等明年春暖花開的時候，你就回到秦安來，回到自己的娘家。但當時的「疙瘩娃」非常想回到自己的家鄉。「疙瘩娃」的丈夫叫來成，也是當年逃荒要飯的時候來到我們村子的，他怕失去自己的妻子和孩子，就勸她不要回去。「疙瘩娃」說：你自己已經找到了你自己的父母，我還沒有找到，我一定要回去，而且我也不會離開你的。於是第二年剛過完年，正月裏她就帶著自己的孩子，坐火車順著隴海線西行到了渭水峪車站，下了車站，就一路邊打聽著回到了自己的村子。

小時候，我們家也是非常窮，媽媽又長年癱瘓，「疙瘩娃」認定我們家是她的救命恩人，所以在每年春天野菜長出來的時候（我們那裏有一種特別好吃的野菜，叫「苦曲」），她挖到的第一籃准是送給我們家。而我帶著弟弟、妹妹經過她家去給媽媽取藥的時候，經常會遇見她，儘管她不怎麼愛說話，但我總是能從她的眼神中看得出來那份感激之情和對我們的關愛。這幾年，爸爸媽媽回老家去的時候，她也總是做最好吃的東西帶著來看望他倆。

太原
上兰
13
金門
生財

交通便利
天然气宽带
视监控
超市银
平安搬家
84910224
天泰苑
现房出售
通
齐
绿化独立
户型
18.5万
22.5万
8.8万
吴海波
院内
外墙
大院
外人不得入内
未经主人同意
大红门
兴华园

14 自由之根

爺爺年輕時，一直跟隨于右任老先生搞革命。因爲爺爺去世得太早，唯一可以證明此事的就是于右任先生寫給他的一個條幅。奶奶活著的時候曾給我講過：爺爺留下的其他東西，前些年都毀了。有些是毀於別人之手，大部分是毀在自家人的手裏……因爲在歷次運動中，怕這些東西給家裏帶來麻煩。記得奶奶每次跟我提起這件事都耿耿於懷，包括對我父親和叔伯們的意見。

奶奶是外地人，解放後跟隨爺爺一起到了我們老家甘肅天水。爺爺五十年代就去世了，「地主婆」奶奶一個人在最艱難的時期，在最艱苦的地方，把父親、姑姑、叔叔們帶大，並讓他們都上了學。

在我的印象中，每次去開批鬥會，奶奶總是穿好衣服，梳好頭髮，像現在去參加Party一樣。平靜地去，平靜地回來。她回來後，媽媽總是不讓我鬧，好讓奶奶安靜一會。但奶奶見到我，仍是一樣的慈祥，一樣的開心，像什麼也沒有發生一樣。

村裏的人講，奶奶有許多金條和銀元，不知道埋在什麼地方了。我去問奶奶：你是不是有許多金條和銀元？她告訴我：「那東西沒有用，奶奶也沒有埋。這世上還有比那東西更珍貴的東西，你長大就知道了！」我當時並不懂奶奶說的話的意思，但相信奶奶對我講的是眞的。我也一直在尋找比金條和銀元更珍貴的東西。一九九七年農曆乙亥年九月初二，已經患病不能講話的奶奶去世了，二叔給奶奶寫了一副輓聯，上聯是「既辛亥革命呱呱誕生於中州大地」，下聯是「何乙亥振興悄悄離開了千里隴原」，橫批是「天高地厚」。

與父親同父異母的大伯今年春節前突然去世了，我知道這消息後，忙給小叔叔打電話。小叔叔講：大伯身體一直很好。因爲住在農村取暖條件太差，冬天生火取暖，大家估計是煤氣中毒所致。小叔叔講，發喪時大伯的幾個兒子發生了一些小矛盾，起因是爺爺留下的那些字畫。

爸爸知道此事十分著急，怕我們家的傳家寶流落他人手中，對不起爺爺，要趕回去處理這件事，我勸他等天暖和了再說。我本人對古玩字畫的收藏沒有什麼興趣，一直認爲藝術品與其放在家裏「收藏」，不如放在博物館讓大家一起分享。但涉及自己親生爺爺的最珍貴的東西，一旦流入他人之手，也有不孝之嫌。

於是我跟父親的意見很快達成一致，要儘快將搶救家寶的行動付諸實施，還列出一個詳細的計畫。我從來也沒有見過于右任先生寫給爺爺的條幅，我更關心條幅的內容。父親說條幅寫的是：「自由而有根是生長極快之樹木。」我覺得如此現代的語言，怎麼會是上個世紀初人的思想呢，難道這位于老先生的思想當時眞這樣超前?!

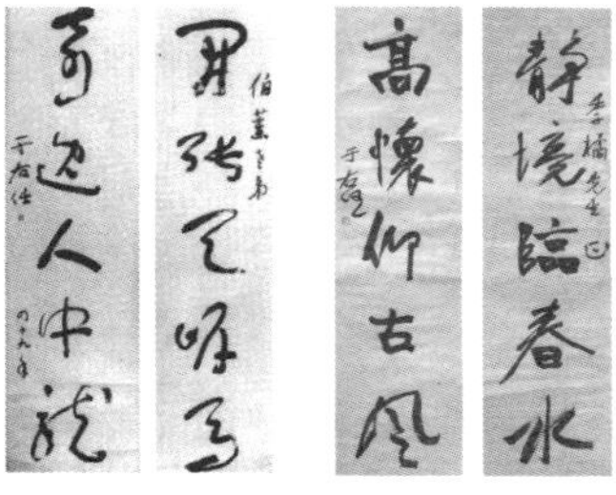

于右任先生及其墨寶

父親又說，你們要搞的建築師走廊（即「長城腳下的公社」），我看了看。（房子）好不好用，他老人家很擔心。

老人的擔心我能理解。有些東西的價值並不一定都表現在實用功能上，就像于老先生給爺爺寫的這條幅，既不能當飯吃，不能當水喝，也不能當房子住。就這麼簡單的幾個字：「自由而有根是生長極快之樹木。」但我們還要花力氣、花精力去保護它。有價值的藝術品，我們還在不斷地追求著。它的價值並不僅僅在於功能上，還有別的，有比實用功能更有價值的東西。

自由而有根是生長極快之樹木

15

當生活中沒有了火柴

我記得「文革」之前，在農村要購買火柴，也要憑「購貨證」定量購買。所以火柴在那個年代對我們來說是非常珍貴，又不可缺少的東西。但文革時，城裏人因停產武鬥鬧革命，火柴的供應也就突然中斷了。所以，從相鄰村子傳遞火種就成了我們幾個小孩每天放學後必做的事情。因爲，靠傳遞過來的火種，大家才可以燒水、做飯、燒炕取暖。

我們隔壁的村子叫「水溝里」。他們是一個比較大的村，離我們也有幾百米的距離。放學後，我們四五個小孩就會每人手裏拿著一把麥草，每隔一百公尺左右距離就有一個小孩，其中一個小孩用手中的火點燃另外一個小孩的麥草後，這個小孩就會一邊用嘴吹著火，防止火熄滅了，一邊往前跑，以便傳遞給下一個。但這傳遞常常會失敗，最大的原因是，火著得太大，麥草著光了，下一個拿麥草的小孩沒有接上。經常要傳好幾次，最終火種才能夠傳到我們村子裏來，我們也才能夠吃上飯。和奧林匹克傳遞火炬有點像，我想原始社會以後的人取火方式可能都是一樣的，無論你是在中國，還是在希臘。

村裏的老人們有抽旱煙的習慣，所以他們口袋裏面總是裝著一塊石頭。一塊有點發白、發青的石頭，是在小河邊揀回來的，這種石頭我們叫「打火石」。還有一種用鐵折成的「弓」字形的東西，我們叫「火鐮」。拿這個火鐮撞擊打火石就會冒出一些火花，當這些火花掉到準備好的舊棉花上，就趕緊用口吹，一直吹到有火苗出來之後，就可以抽煙了。但這個成功的機率也是非常低的，打十次能夠著一次火就已經非常不錯了。

還有另一種保存火種的辦法，就是夏天割一些野草曬乾後做成一種草繩，這種草繩叫「火繩」，把火繩纏成捲，掛在房樑上，這個火繩保持常年不滅，就用它來點火、做飯、燒炕、取暖。但這種方法也最危險，如果火繩的火有時控制不住，一旦著得大了，整個房子都會被它燒掉。在我的記憶當中，大人們也時常提醒大家：要看好火繩，別讓火繩的火著得太大，讓陰火慢慢往上引。但我也從沒聽說過誰家的房子被這火繩引著燒掉的。

回想起來，那個缺吃少穿的年代，確實非常不容易，這就是發生在西北七〇年代初的事情，可不是發生在原始社會的事。

心向

但願人世和諧

雜碎和牛排

在古希臘，出現了一名偉大的哲學家亞里斯多德，從而有了邏輯，有了分類，有了形而上學的學問，也從此影響了西方人的思維。儘管後人發現了許多亞里斯多德的錯誤，比如他認爲重力加速度與物體的重量成正比，他不承認眞空的存在等等。形而上學是物理學之上的學問，後來的人也認爲形而上學太教條，把世界分得太支離破碎，而用辯證法和系統論來修正它，但西方的知識和思維最終沒有跳出亞里斯多德分類、邏輯的軌跡。

在中國古代出現了老子，在西出函谷關時，他被邊防人員攔住寫下了《道德經》後才被放行。孔子尊稱老子爲老師，拜見老子時送了一對鴨子作爲禮物。老子《道德經》的思想，影響了中國幾千年，道、儒，西域來的佛、禪，在中國都受到老子很深的影響，可以說老子的學說影響了整個中國的傳統文化。老子的思想是自然、平衡、融合、天人合一、萬物相通。老子寫的《道德經》很抽象，沒有多少人能眞正讀懂他的意思。不像亞里斯多德的文章，很具體。所以，亞里斯多德的學說受到了後來的許多人的批判

亞里斯多德（右）
老子

和挑戰。而老子的話，似乎是永遠正確，如：「道，可道，非常道。」「天法道，道法自然。」

亞里斯多德的學問是可以學習的，是有規律可以遵循的。但老子的學問是要靠悟，沒有悟性，即使再刻苦也是沒有辦法學習的，悟的結果是境界的提高。演變到了今天，大多數的西方人，包括受西方教育的東方人，總認爲中國的老子的這一套是瞎掰，是故弄玄虛，沒有什麼可以用的東西。

張藝謀導演的電影《英雄》，很能體現中國天人合一、萬物相通的東方思想。電影開始，殘劍打敗了秦國的一隊武士。無名出現了，叫住了殘劍。無名讓盲人琴師再彈一曲。在彈琴的過程中，無名和殘劍在雨中用意念互相較量。張藝謀告訴觀眾，舞劍和彈琴的道理是相通的，「大音希聲」，這種思想，我想也只有在受老子影響的中國文化中才可能出現，在亞里斯多德影響的西方文化中是不可能出現的。張藝謀進一步表達了這種思想，舞劍和趙國的書法是相通的。在電影《臥虎藏龍》中也有這種說法。劉伯溫的《推背圖》把這種聯繫發展到極致。受中國傳統文化影響的人，很容易接受這種觀念，但在大多數的西方人和受西方教育的人看來，這是天上地下，丈二和尚摸不著頭。

東方人反邏輯是有歷史的根源的，從老子就開始了。這種區別在東西方之間隨處可以看到。在醫藥方面，西藥總是很簡單、很單一，有具體的化學名稱，有具體的計量，什麼地方有病，就治什麼地方。而中藥就複雜多了，一服中藥少則十幾味藥，多則幾十味，什麼地方有病，不能治什麼地方，否則，就是犯了「頭痛醫頭，腳痛醫腳」的錯

《英雄》電影海報（右）
《臥虎藏龍》電影海報

誤。在飲食方面，東方人會用各種材料來煲粥煲湯，有八寶粥，還有佛跳牆，有餃子，有雜碎湯，各種炒菜中都可以配上肉。西餐用的材料就單一得多，烤牛肉、烤羊肉，肉是肉，菜是菜。在城市的規劃和建設上，西方有《雅典憲章》，城市被分成功能區去規劃和建設，生活在城市中的人，每天奔波在幾個功能區之間，造成了今天絕大多數的城市的交通擁擠和堵車。現代的城市是西方現代化的產物，中國的傳統文化，還沒有涉及到。

世界的本來面目是什麼樣的？我想不應該是一分爲二，非黑即白的。「不是反恐的國家，就是恐怖主義的國家」就是這種思維的明顯例子。世界的本質一定是豐富多彩的，有白，有黑，也有灰的；應該是自然的，平衡的，融合的。但每當談到中國傳統文化對世界的理解，談到它的優勢時，人們總會輕易地反駁，認爲中國傳統文化給中國帶來的是貧困、落後，而西方文化帶來的是文藝復興，是工業革命，帶給人們的是富裕和現代化。

我們未來的出路是什麼？上個世紀九〇年代有個美國人寫了一篇文章叫〈文明的衝突〉，以後又發生了「九一一」、美軍攻打伊拉克，還發生了遍布世界的恐怖活動和反恐戰爭，似乎不同文明之間還都停留在過去的冷戰時期那樣，不是你死就是我活。我想這不應該是世界的本質，也不是我們解決文化差異的思路，未來的出路應該是東西方文化的融合，而不是一味地對立。

本世紀初，我們邀請日本建築師隈研吾在長城腳下的公社設計了一座竹房子，房子建成後，他寫了一篇文章，裏面談到，「過去中國的長城是分割了農業文明和牧業文明兩種文明的象徵，而今天的竹子牆卻是聯結東西方兩種文化的符號。」我覺得他說得特別好，所有參觀過這間竹屋的人都感到這裏很有東方文化的意境，因爲竹子在中國是一種避世、超然物外的知識分子精神的象徵，比如竹林七賢；而房間裏採用的大面積玻璃窗、地板取暖、廁所設施又都是最先進的西方科技成果，如果只強調其中一種因素，就不會有竹房子這樣給人帶來豐富的感受。

我們的世界也應該是豐富的，融合的。

長城腳下的公社：竹屋

我的被壓迫被奴役的角色

商人和商人之間有友誼嗎？很多網友在我和任志強（北京市華遠集團總裁，隸屬於北京市西城區國有資產管理委員會，負責管理和投資）「雞蛋換糧票」的時候問我，我和他到底是朋友還是對手？有了錢以後，同性的友誼，和以前同學的友誼是不是還能維持得好？我現在經常回蘭州參加同學聚會，公司裏有老員工離開，我也會主動關照一下行政部開個歡送會，這些對於我來說，是情感，而不是關係。

現實社會中有很多種關係，同事關係、上下級關係、朋友關係、夫妻關係……人在一起時間久了很容易產生情感，但是情感跟關係是兩回事，工作了一段時間，相互之間有了一些默契，有了一些共識，這是一種很美好的東西，也很神聖。可是一旦把它固定化了，就會出現問題。

固定關係包括像夫妻關係、朋友關係都是。如果說兩個人是好朋友，好到不管對方發生了什麼事，周圍怎麼改變，永遠是好朋友，那麼這兩個人當中一定存在一個奴役和被奴役的關係。孔子說，「君子之交淡如水」，而任何關係一旦被固定化，就變成了奴役和被奴役的關係。有的時候你覺得跟這個人聊天挺有意思，那就在一起聊聊；過上一段時間，我覺得我的思想境界跟不上他了，可能就不聊了；或者再過一段時間他成了大俗人了，我也不願意和他聊了，之後又會在其他人、其他事情上發現新的精神寄託。所以我不加入任何組織，不加入任何黨派，只有兩個例外，也是沒有辦法的，一個是公司，一個是家庭。公司是工商局發了營業執照，家庭是政府發了結婚證。

關係應該是完全發自內心的，這和是不是商人沒有關係，也和是不是一個行業內的人，是不是一個階層的人沒有關係，重要的是不要把關係固定下來。全世界任何一種固定的關係，一定是一種壓迫和被壓迫、奴役和被奴役的關係。

這一點，不論是我個人的經歷，還是別人的經歷得出的都是相同的結論，所有的關係，可能不一定是用奴役和壓迫來形容，至少是主動和被動——因爲關係一定是出現了主動和被動之後，才能夠固定的。

最近，我身邊朋友離家出走的比較多，留心一下就能發現，只要關係能維持比較好的都是一個被動、一個主動，這樣，兩個人在一起生活才會覺得很有默契。凡是兩個人在關係的問題上，誰被動、誰主動沒有搞明白的，一著急就離家出走，要不就是整天鬧矛盾。

我曾經講過人有三種狀態，第一種人是駱駝，這是大多數人的狀態，像駱駝一樣瞎著眼走路，所以他需要依靠，需要扶持；第二種人是獅子，獅子比較強大，也比較緊張；第三種人是嬰兒，嬰兒是一個自然的狀態。駱駝需要關係，找一隻獅子帶著他走；

獅子也需要關係，找一個人讓他帶著走；而人，只有到了嬰兒狀態的時候，才不需要關係，才開始眞正享受當下。

如果總想著要平衡和平等，就不可能形成固定的關係。事實上，固定的關係也不需要去平衡。在一個家庭裏，你得想明白，要不是大男人主義讓老婆怕，要不就是「妻管嚴」怕老婆。想結婚的人要先把這件事情想清楚了。現代人提倡自由、平等、博愛，多少人想反抗，最終的結果不是離家出走就是一拍兩散。我一開始結婚的時候也沒想明白，張欣就離家出走了。

固定的關係不自然，馬克思在《共產黨宣言》上都說不好，但固定的關係對社會穩定和發展有利，在現實生活當中要做成一件事情就得把關係固定下來，比如爲了蓋房子就得成立公司；在公司裏就要聽我的，不聽我的，否則這個房子就蓋不起來；在家庭裏，要生兒育女，要撫養孩子，沒有夫妻關係，生一大堆小孩怎麼辦？柏拉圖當年提出來說大人生了孩子父母都不能見，直接送到學校去，由社會公共撫養。這個提法直到現在也沒實現，甚至在當時就遭到了很多人的批評。柏拉圖爲的是打破這種固定關係，但這是滅絕人性的，人家生的孩子，憑什麼讓你抱走？所以，把事情想清楚了再去結婚，想不清楚，就別去結婚。我想清楚了，我結婚了，我就是被壓迫的、被奴役的角色。反過來說，被奴役有什麼不好？這個世界有主動就有被動，沒有什麼好壞之分。

自然、和諧、平衡與反省

二〇〇三年四月份，北京人一天比一天憋得慌。SARS造成的對死亡的恐懼，把人憋在了家裏，會議少了，見面少了，請客吃飯少了，人人都在家裏躲瘟疫。

在家裏躲瘟疫並沒有影響我們瞭解外面發生的事情，由於有了光纖的寬頻，有發達的Internet，每天接到的郵件比平時要多得多。多少年都沒有聯繫的朋友，也發E-mail，打來電話，問候疫區的我們。新浪的瀏覽人數升到了有史以來的最高水準，幾家快樂，幾家愁，網路和藥店是少數幾家歡樂的行業。網路遇上了好機會，汪延坐陣北京，躲在家裏在網上指揮。SOHU的張朝陽冒著缺氧的危險去珠穆朗瑪峰作秀去了，這時候誰看？SINA和SOHU的競爭，SOHU又失了一分，這眞是人算不如天算。電視也出現了前所未有的開放，九一一時還讓鳳凰衛視搶了風頭，到了這次美國打伊拉克時，儘管鳳凰衛視有閭丘露薇這樣的女中豪傑，衝在巴格達戰爭的第一線。但和CCTV相比還是遜色多了。這次的SARS從四月二十日以後，中國的電視給了中國人民充分的知的權利。

SARS是北京人的瘟疫，也是中國人的瘟疫，更是全人類的瘟疫和災難。一時北京人在中國變得不受歡迎了。五月初，一件必須要做的事情，讓我從我們住的山裏出來給小孩買奶粉。經過某郊區的道路上，一共有四道關卡。到了第一道關，我說，我家有一個小小孩要吃奶，讓我出去買點奶粉。關長是位幹部，告訴我出去就別想回來，我們主要是防北京城八區的人。我說，我不進城，只是在縣城買點奶粉，小小孩等著奶吃。我保證出了關卡二十分鐘回來。出了關卡，進了超市，買了奶粉、麵粉、大米和花生油後，返回了關卡。幹部走了，幹部臨走時，留一句話，等他回來再放我過去，等了半小時還沒有見幹部回來，我開車去找他，找了好幾個地方，人沒有找到，但找到了他的手機號碼。我不斷地重複小小孩等奶吃的理由。第一道關終於過了。過第二道關時間已是黃昏了，有三十多男女老少，負責審問的是位六十多歲的老者，有點像《鬼子來了》裏審問日本鬼子花屋的老頭。先問我叫什麼？我說潘石屹。他說YI字怎麼寫。我說，隨便。老者生氣了。我趕緊，一筆一畫地寫好了我的名字。在黃昏的北京郊區，有掛著黃布和紅布的路障，旁邊有三十多個各種表情的男男女女。照出來一定是一幅非常好的照片。我怕拿出照相機惹怒他們，能讓我走，我就趕緊溜吧。第三道關是在村口，所有的人都認識我，要求很簡單，車不能開進去，人可以進去。他們認爲，人不會傳染病，汽車能傳染病。只好放下車，背上奶粉和米麵，走在夜色已深的小路上。第四道關，是大石頭壘成的，夜深了，也沒有人了。人可以過去，但任何車輛都是通過不了的。

花費了整整一天，終於到家了，想一想這一天的經歷，北京郊區農民主要的不是在防病，是在表達一種對北京人的情緒，一種權利。

北京人出城不受歡迎，中國人出國也是同樣的待遇。唐人街沒有人了，中國的餐館沒有人吃飯了，有一百多個國家對中國人的旅行提出限制。我收到負責設計我們專案的日本公司的郵件，告訴我們由於日本政府接連發出了三份不讓到中國來的勸告，所以他們來北京的時間被拖後。我也是因爲一件必須的事情來到香港。在香港，大家都戴著口罩。住飯店的人特別少，早上起來，走到昔日熙熙攘攘的大廳，現在一個人也看不見，淒涼得可怕。也沒有人請我們吃飯，我們也不敢請別人吃飯，在飯店裏憋了幾天。在大廳遇到了嘉里中國的董事長洪先生，請我吃早茶。他說，他們的飯店，高一點的入住率在五%左右，低的是一%，二%。慘呀。談到如何走出困境？香港人現在的情緒十分低落。

我們遇到了困難，但我們應該有我們的精神。網通的田溯寧給我們發來郵件，在中國困難時我們企業家應該出力。當然是應該出力，但這力怎麼個出法？像東南亞金融危機後的馬來西亞人那樣在全世界打廣告，還是像韓國人那樣上街去捐錢、捐項鏈、捐戒指。最後，我們想到的是弘揚不可戰勝的中國精神。五千年形成的中國精神，是在種種危機和災難中形成的。正是有這種精神，我們的民族才生存下來了。大家聚在一起很快就形成了共識。但什麼是中國精神，我提出是自然、和諧、平衡和反省。除了劉索拉支援外，其他人都覺得太軟，太道家了，沒有力氣，得到的是大家一致的反對。要選一首歌讓大家唱起來，把中國精神唱出來，「海龜」（海歸，海外留學回國人士）們一致認爲要唱馬丁・路德・金的〈We shall overcome〉，劉索拉要唱西北的民歌〈蘭花花〉，大

二〇〇三年 SARS 期間，我們發起了「中國精神」活動，在長城放風箏。

家最後統一到「中國精神，我們一定能戰勝！」歌就不唱了，改成放鴿子、敲大鼓。每個人都有自己理解的中國精神，我們每個人都應該在這個時刻，用不同的方式，可能是一幅畫、一首歌、一句話，去表達中國精神、去弘揚中國精神。地裏如果莊稼不長一定會雜草叢生，如果沒有一種正的精神，旁門左道的東西一定會出來。

今天，我們遇到SARS，我相信中國精神一定會把它趕走。

北京（羅森 攝）

19

愛和信仰

全世界都在關注禽流感（H5N1）期間，《財經》雜誌的封面上寫道：國際衛生組織的負責人說，一旦禽流感爆發，全世界死亡的人數將是幾百萬到一點五億。人類現在有對付 H1、H3 流感的辦法，但對 H5 變異成亞型 H5N1 流感還沒有任何辦法對付，沒有疫苗。儘管世界上到目前爲止得禽流感死的人數只有六十多人，但是恐懼在全世界人的心目中蔓延。

禽流感的傳播主要是由於候鳥的遷徙造成的，一旦這種流感變異了，能在人和人之間傳染，而現在人飛的速度比鳥飛的速度快得多，飛得也更遠。今天，人們共同的敵人——禽流感又把全人類緊緊地連在了一起，科學家、政府、醫務人員都在齊心協力地找對付禽流感的辦法。

這讓我想起了一位歷史學家黃仁宇的觀點，他認爲中國的大統一不是秦皇漢武、唐宗宋祖的功勞。中國能夠最早形成一個大統一的國家，是由於自然環境決定的，是由黃河和大陸性的氣候所決定的。因爲黃河經常氾濫，大家爲了對付這個共同的敵人，必須聯合在一起才能夠在澇災時保證不被水淹，旱災時大家都能有灌溉用水。最早國家的雛形可能就是「癸丘之盟」，爲了對付黃河，幾個部落之間一起簽的合同。這樣慢慢地，一條黃河把它沿線的部落都串起來了，形成了一個國家。另外就是中國的大陸性氣候，從菲律賓海面上吹來的帶有水分的熱氣流和從西伯利亞吹來的寒冷氣流相遇時，就會下雨，在什麼地方相遇，相遇次數的多少，強度的大小等等都很不確定。如果一年內菲律賓海洋吹來的熱氣流和西伯利亞吹來的冷氣流多次在同一地方的上空相遇，這一年這地方就會發生澇災；一年內如果它們在一個地方的上空總不相遇，這裏就會形成旱災。所以要讓大家都能夠生活下去，必須統一和聯合起來，大家互相幫助才能度過旱災和澇災的難關。

前不久，我在開會時遇到了一位研究玄奘的專家，他說隋末唐初，中國經常發生自然災害，許多老百姓都沒有飯吃，當時的皇上頒布了一條政策叫「隨豐就食」，就是哪裏有糧食吃，就讓人到哪裏去。唐僧最早就是在「隨豐就食」的隊伍中，從河南的偃師一直逃難到長安，也就是今天的陝西西安，最後一直朝西走，走到了印度，於是有了唐僧取經的故事，有了家喻戶曉的《西遊記》。

今天我們面對的敵人再不是黃河的氾濫，再不是旱災和澇災，而是人類共同面臨的禽流感。在歷史上一直如此，人類只有面對共同的敵人時才能夠緊緊地站在一起對付它們。能不能在沒有敵人的時候，全人類都統一起來，手拉手地站在一起，和平統一。有什麼力量能夠讓大家站在一起呢？我想只有偉大的愛和信仰。

《玄奘西遊記》書影

感謝鄉下人

有一天，北京城裏氣溫高達四十度，在冷氣房裏都感到燥熱。中午時分我去了工地，工人仍在露天的陽光下幹活。施工單位的專案經理見到我，仍同以前一樣，首先告訴我的就是進度和質量，但今天，我似乎不關心這些問題了。工程進度提前，我心裏卻沒有一點輕鬆的感覺，反而像有一塊大石頭壓在我的心頭。我告訴他：「讓工人中午多休息一會兒，天太熱了。」他告訴我說：「現在不搶在前面，等到冬天來了，工程進度就慢了，質量也無法保證。」我說：「天太熱了，如果眞是拖了工期，我向客戶來解釋。如果解釋不通，讓客戶來罰我們。無論如何中午最熱的時候，不要再幹了。」晚上出了辦公室，迎面一股熱浪撲來。我又去了工地。一部分工人在幹活，另一部分工人在工棚裏熱得沒辦法睡覺。上千人同一裝束，每人穿一條褲衩，在水泥地上，有人在抽菸，有人在打牌，也有人已經睡著了。城裏人在埋怨下崗（失業），現代城爲社會創造了幾千個就業機會，但我相信這一堆人裏沒有一個城裏人。在建設一號樓時，現代城工地的噪音影響了城裏人的睡眠，我們送去了擾民費，但時不時會有啤酒瓶飛過來，鄉下

人就是在這種環境下建設著現代城。這一堆上千的人裏，清一色的男人，他們有家，他們也和城裏人一樣需要感情，也需要愛。他們在默默承受著這一切。幾年前，我在負責建設萬通新世界廣場時，曾拿出自己的工資買了六頭豬，讓民工改善了一次生活。多年以後，有個知情人告訴我：「大工頭吃了瘦肉，小工頭吃了肥肉，民工只喝了一點肉湯。」又有一天，我陪一位朋友去看二號樓的標準房。看到一位城裏人，而且是被城裏人捧紅了同時也被城裏人慣壞了的大明星，坐在椅子上讓我們的銷售小姐給他套鞋套。我到了銷售中心，告訴銷售總監：「別把房子賣給這傢伙。」看到銷售總監困惑的神情，我想他一定在尋思，頭兒今天神經是不是錯亂了，怎麼今天講的話與以往講的完全不一樣。記得一九八九年上半年中國社會亂哄哄的，深圳大學的一位同學被民工打了，深圳大學的學生開始遊行。校長寫了一封公開信，信上有一段大意如下的話：深圳的今天是這些民工用自己的汗水建成的，試想，深圳如果沒有這些民工，深圳將會是怎樣的，深圳大學又將是什麼模樣。現代城今天又一座樓封頂了。

讓我們感謝這些建設者——鄉下人。

現代城建設工地

21

我們爲什麼要做善事

人們有了一定的財富，解決了基本的溫飽問題之後，總會考慮做一些善事，做一些公益的事業幫助大家。但人們爲什麼要做這些事情？這個問題我也考慮了很久，從身邊的人的一些言行裏可以看到：有些人做善事是爲了出名，追求更大的名氣，這比較符合中國傳統裏光宗耀祖的思維習慣；有些人是爲了更大的利益，更多的財富，把這種慈善事業、公益事業和商業一樣做成可以等價交換的交易；還有一些是因爲過去受助於人，需要報答；也有一些是爲了面子；另外一些比較有錢的朋友，做慈善事業爲的是活得更安心，死了以後也安心，也爲自己的孩子們、自己的後代謀一些後福。

仔細想這些理由，大多數要做慈善事業的都沒有逃脫物質的、等價交換的原則，要麼是爲了更大的、更多的利益；要麼是爲了報答過去幫助過自己的人，進行等價交換，是一種不同時期的交換和補償。

其實用物質的辦法來解決物質的問題是永遠無法解決的，它只能維持在一個水平上，最終是死胡同，是行不通的。做慈善和公益的事應該是我們自身精神的需要，不是爲了別人，是爲了我們自己精神的進步和提高。否則，我們只是從物質的層面上去追求，是沒有結果的，甚至會在做一些慈善事業的過程中，出現弄虛作假，謊報捐款數字、捐款事實的情況，打腫臉充胖子，把每一次的捐款作爲一個在物質層面上的交易，一次獲得更大的名、更大的利的機會。這就完全走到了反面。

只有當人的精神進步的時候，人們才有團結、快樂、幫助別人的願望，精神的進步和提高是我們願意做這些事情的源泉，如果我們僅是用物質的手段、商業的手段、等價交換的原則是永遠解決不了這些精神層面的問題的，如果精神不能進步，我們也就會越來越不團結，越來越不快樂，有再多的物質財富也不會得到快樂。承認我們的精神世界，並且在各方面提高我們的精神境界，我們做人、做事就有了原則，就有了方向，做一些慈善事業、公益事業也同樣有了原則，有了方向。知道哪些事該做，哪些事不該做。不光要做善事，還要知道爲什麼做善事。

北京一隅（孟凡東 攝）

感覺韓流

我對韓國文化的瞭解不是非常的多，去過幾次韓國也都是走馬觀花。看過幾部韓國的電視劇，尤其是把韓語翻譯成普通話的電視劇，看不出韓國的文化和中國的文化有什麼大的區別，人的長相也差不了多少。

與韓國人接觸時間最長的還是給LG做形象代言人期間。大前年，LG公司要推他們的電漿電視，在中國選中了我和陳逸飛做他們的代言人。兩三天的拍攝完成之後，LG公司邀請我和陳逸飛到韓國的濟洲島度假，陳逸飛可能是工作太忙沒有去成。我和LG的朋友一起住進了濟洲島的樂天大酒店。到濟洲島的當天，參加了LG公司新產品的發表會，他們新產品發表會與我們不同的是，參加發表會的絕大多數都是公司的員工。董事長在上面講話，也沒有媒體記者的參加，董事長的講話常常被下面一陣陣高呼的口號打斷，喊的什麼我不太清楚。我問LG的韓國的朋友，他們說就是重複董事長講話的後面幾個詞，我想大體的意思是在喊「電漿，電漿」，或者是「大電視，大電視」。我沒有任何的心理準備，在這幾千人的高喊中我有點不知所措。這讓我想起當年我們在法國南

韓國（張儷齡 攝）

部度假的情形：我們住在一家高級飯店，飯店的沙灘是私人的，男男女女在沙灘上全都脫光了衣服，只有我一個人穿著衣服在看一本書。老婆張欣給我拍了一張照片，我看到這張照片，覺得在沙灘的陽光下大家都很放鬆，只有我像一顆彎曲的豆芽菜一樣很拘謹，與周圍的環境很不協調。等到發表會接近尾聲的時候，我深深地體會到，就這種高喊的口號聲，把大家的情緒挑動起來了。我也常在電視上看到韓國人在街上喊口號，但親歷現場時才體會到這種口號的威力。中國人在「文革」期間喊口號喊傷了，現在再也沒有人喊口號了，這點可能是今天中國和韓國不同的地方。

LG的老闆吃飯時對我說，韓國的發展離不開中國的發展，中國是一個大國，韓國的發展主要依靠中國才能夠發展起來。他舉了一個例子，說中國有十三億人口，如果中國人的早餐每人吃一個雞蛋，韓國人只要給中國人養雞就足夠了，我也不知道這個演算法確切不確切，卻很能反映他們對中國經濟發展和市場的依賴性。

在我們公司聘請的設計師中，有一位韓國的設計師叫承孝相，他是一個很有想法的設計師。《SOHO小報》上曾刊登過他寫的一篇文章，叫〈你知道爲什麼作詩?〉，這事引發了我好多的思考，他寫到兩個詩人的對話，一個詩人說：「我知道如何作詩。」而另一個人說：「你會作詩，但我知道爲什麼作詩。」可以一連串地想下去：你會蓋房子，我知道爲什麼蓋房子；你會寫文章，我知道爲什麼寫文章；你會吃飯，我知道爲什麼吃飯；你知道活著，我知道爲什麼活著；你知道更多的是技術的、科學的、工藝的，能夠解決的問題；而我知道的「爲什麼」就是哲學的、宗教的層面才能回答的問題。在漢城的大街上，在每一個街區都可以看到一些小的教堂，雖然沒有歐洲的教堂那樣古老，但數量卻是非常多，我確實沒有深入地瞭解韓國的宗教信仰，從這眾多的小教堂中也可以看出一些韓國與中國不同這個社會問題。

韓國現在更多的是向中國學習，他們拍的《商道》、《大長今》都深深地反映出了他們對中華民族文化的崇拜和嚮往。《商道》中稱中國是清國，《大長今》中稱中國爲明國，他們對清國和明國的嚮往在電視中表現得淋漓盡致。我曾和一個「海歸」（海外留學生）談起這兩部電視劇，我說拍得不錯，好看。我對別人談起這兩部電視劇時，常常得到的都是批評的聲音，對方總是說，你是不是閑得沒事了？看韓國的電視劇?!但這位「海歸」對我說，這可以理解，因爲韓國比中國開放得早，他們在中國還沒有送出留學生的時候，就已經送出留學生去歐美學習了。今天韓國的各個領域和行業最活躍的是這批「海歸」，他們把東方的文化和西方的文化結合起來了，所以才有了他們現在的商業和電視行業的成績。而中國現在電視劇的導演還是藍領。再過十年、二十年我們中國就可以趕上韓國了，因爲一批既瞭解中國文化，又瞭解歐美文化的留學生就會做電視的導演，做各個行業的領頭人。這話我一半信，一半不信。但也能看到韓國與中國的不同點是，他們的海歸都五十歲了，而我們的海歸絕大部分才四十歲上下。

《商道》及《大長今》海報

老教條和新問題

今年，最時髦的詞就算是「PK」了，在我還沒有搞清楚「PK」這個詞確切的含義之前，就已經參加了好幾場「PK」賽了。

有一次在SOHO尚都的樣品屋和易憲容PK，下面的觀眾中有一批是來自中國人民大學的學生和老師們，PK的題目是「二〇〇八年之前買房值不值」，這個問題背後的潛台詞就是：房價會漲還是會跌。如果房價看漲，就値得買；如果房價跌就不値得買。現場有一位人大的學生發言說，他們花了幾個月時間完成的一個課題，就是預測北京房地產市場的周期。他們預測房價到二〇〇六年還在上升，過了二〇〇八年就開始下滑了。

這讓我想起一百多年前，馬克思研究的一大成果就是描述和預測了資本主義社會的經濟危機，從復甦、繁榮、衰退，到危機的出現，都會發生周期性的變化。這是馬克思針對當時的技術水平、通訊手段、訊息量和已經發生的一些重大事件作出的研究和判斷，在當時這無疑是正確的。馬克思之後有多少人也在研究經濟周期、經濟危機的問題，許多研究已經有點走火入魔，甚至認爲地球上經濟危機的周期與太陽黑子的變化周期高度相關。

在今天，我們在經濟中遇到的問題、我們擁有的訊息量、資訊傳遞的速度等等都發生了非常大的變化，隨時隨地都可能有各個公司、行業爆發出他們的危機和醜聞。

今天，再像一百年前一樣，一個個的危機積累到一定的程度，在瞬間爆發，每隔十年、八年就經歷一次大的經濟危機，這種可能性已經不存在了，因爲今天我們面對的資訊環境跟一百年前是完全不同的。

歷史上發生的好多次大經濟危機，當時的通訊手段比較落後，物質財富的發展速度遠遠高於資訊的發展速度。大約是中國的光緒年間，第一次鴉片戰爭期間，英國人占領了中國的定海縣，二十天之後光緒皇帝才知道了消息。這種資訊傳遞的速度和訊息量，和Internet普及、手機普及、電視普及的今天是不能同日而語的。所以我認爲，不能夠老用過去的老觀點、老方法來分析今天我們面對的新問題。不顧我們眼前發生的活生生的巨大變化和每一個具體的事實，只是用過時的經驗來解釋今天的事件，是會發生錯誤的。就如同在今天的社會中，在文明的政治制度下，再不會每隔一段時間就發生一次農民起義是一樣的道理。

「微軟」編制出的Windows軟體和各種辦公室軟體，對當今世界產生著巨大的影響，它的影響力在將來，它會產生遠遠大於任何宗教和意識形態的影響力。因爲現在，每個人必須按照「微軟」給你設計的模式去工作，去生活，就是「下翻式功能表」、「點閱式按鈕」的方式，如果你不進入這樣一種模式，你甚至會被這個社會淘汰，甚至

馬克思

在這個世界上你就無法生存。

我有位朋友是搞經濟學研究的，來我們家做客，我們談到了全世界每天有八萬的用戶註冊部落格這件事情。他說：什麼是部落格？我還不知道。我對他說：看來，你是被這個社會給淘汰了。他說：不，是我把社會淘汰了。

像「微軟」這樣產生巨大影響的，在全世界被普遍採用的軟體，如果出現危機的話，哪怕只是某一個軟體系統性的小錯誤，都會引起全世界的混亂，甚至經濟危機。就像二〇〇〇年時人們預計可能會發生「千禧蟲」危害全球電腦一樣，只是「千禧蟲」的危害僥倖沒有發生而已。

所以，我們做任何事情都要面對發生在我們身邊活生生的事實，而不要死抱教條，教條主義對我們做任何事情的危害都是非常巨大的。中國革命受教條主義的影響造成的巨大損失就是很好的例子。

CapitaLand
凯德置地

大海撈針在今天成為可能

中國有句俗語叫「大海撈針」，用來形容難以辦到，或者是根本辦不到的事情。但在今天這個網路時代，「大海撈針」有了實現的可能。

五年前，全世界的中文網頁只有五百萬個，今天能在百度搜尋到的中文網頁就有十二億個，而搜尋技術的出現，讓人們可以非常快地在這十二億個中文網頁中查找一個關鍵字，例如我試著查過「團結」這個詞，用〇・一七六秒的時間，就查到了一千三百九十萬個有「團結」這個詞的網頁；查「誠實」這個詞，僅用了〇・〇一秒的時間，查到了六百七十八萬個相關網頁。中國現在有一億多的網路使用者，其中擁有寬頻上網的家庭數量已經超過美國，這就是中國網路普及的現狀。如果技術再往前發展一步，手機和電視可以上網，那時中國使用網路人口的數量就更多了。網路產業是目前在中國發展最快的行業。在此之前，主要是寬頻的鋪設，網路基礎工程的建設，以及人們對網路的學習，到了今天，在相當大的人群中，網路的學習期已基本完成。

再回頭看一看商業，無論商業模式如何改變，最本質的東西是改變不了的，這就是：適當的產品和服務提供給喜歡它、使用它的客戶。在傳統的資訊條件下，如廣告、推廣、市場、營銷等等，這些傳統的讓商品和服務找到客戶的過程，說白了，就如同大海撈針的過程。我們「SOHO中國」的房子雖然有一些銷售到了北京之外，甚至有一些銷售到了中國之外——例如去年按我們房子銷售額分布的省份來排序的話，第一名是北京、第二名山西、第三名浙江、第四名是美國加州，目前爲止，我們最大的銷售客戶是義大利人——但所有這些只是證明我們在傳統的資訊條件下把我們大海的範圍擴大了，擴大到了全世界，在全世界的大海裏撈我們的客戶。爲此，我們在市場和推廣上做出了很大的努力。現在，隨著技術的發展，人們對網路認識和使用的深入，爲網路和商業的結合提供了現實的可能。商業的瓶頸問題，利用網路這個工具，就可以快速、方便地解決，這一點目前至少在理論上講是行得通的。如果這種結合在實踐上也是可行的，那將會給中國的各行各業帶來革命性的變化，當然，這些變化在十年前、二十年前，在一些未來學家的預言中已經做了清楚的描述，如《第三次浪潮》、《大趨勢》、《數字化生存》、《世界是平的》等等，都是對這種前景的描述。

我想，在我們面對網路時代的時候，不但要在物質層面改變以往的一些生活模式，還要有網路的精神，這就需要每人都具備團結的品質、溝通的能力、開闊的視野，不要做「井底之蛙」。

另外，網路從今天開始再也不是社會中少數網路菁英們的事情，而是大眾，包括傳統行業，甚至農民的事情。

前幾天，聽阿里巴巴網站的馬雲說，有一小城市新上任的副市長是一位年輕人，他分管農業和農村工作。他上任期間發現，農民最擔心的事情就是自己生產的產品賣不出去。他做了一個實驗，把這些資訊放在二十個網站上，後來發現有七十%的反饋資訊是來自淘寶網的。於是，這位副市長就組織農民把豬、牛、羊等農副產品的銷售資訊都放在淘寶網上。後來馬雲手下的員工發現網上有許多關於豬、牛、羊的資訊，誤認爲是駭客用垃圾資訊攻擊他們的網站，就不斷地刪除這些資訊，直到這位副市長提出抗議後，才知道這是農民供應的眞實訊息。

另一故事也是馬雲講給我們聽的，說一位負責計畫生育的幹部給他寫了一封感謝信，信中還有不少的錯別字，說他們村子有一個計畫生育的釘子戶（不願意妥協或配合的居民），這位計生幹部幫助他們家把一百八十頭豬的銷售資訊掛在網上，遠銷到了外省，多賺了幾萬塊錢，出於感激，這位釘子戶終於去做了計畫生育的手術，釘子戶的問題解決了。

資訊時代，在有形和無形的空間生活、工作。

連中國的農民都利用網路行動起來了，由此可見，網路在中國的普及程度。

目前，網路遊戲的氾濫將是網路在我們生活中應用的一大障礙，據說網路遊戲占用了中國電信四十%的頻寬，網路遊戲不外乎兩種，一種是暴力，一種是色情；而讓人們沉醉於暴力和色情中，浪費大量的時間和精力，精神也會頹廢。在網路發展的過程中，一定要減少網路遊戲對人們的傷害。我看到有許多人在呼籲政府，儘快訂定網路遊戲的管理辦法，讓孩子們、成人和網路行業健康地成長和發展。

網路確實是給大家提供了非常便利的工具，但如果不正確利用這個工具，許多亂七八糟的東西就會出現在上面。所以中國當代的企業家應該好好地思考這個問題，充分利用網路這個工具造福人民，造福社會。

世界上還有八．五億人晚上餓著肚子睡覺

我出生在中國最貧困的年代——一九六二年；出生在最貧困的地區——甘肅天水非常偏僻的農村。那年月，我們家的家境在那個偏僻的農村裏也算是最糟糕的，媽媽癱瘓，家庭成分還不好，是地主。好像幾乎所有不好的事都在那段歲月裏降臨在我們這個家庭，眞是「屋漏偏逢連夜雨」。我小學的幾位同班同學，家境比我好多了，基本都是貧下中農的孩子，都在那個年代死於飢餓和疾病。我能活下來眞是件太不容易的事了。

改革開放後，日子一天比一天過得好，但那些歲月中對貧困和疾病的恐懼讓我永遠也不能忘卻。昨天，張欣在電視中看到聯合國屬下的國際原子能機構及其總幹事巴拉迪，獲得諾貝爾和平獎，還專門爲他舉辦了一場音樂會，巴拉迪在這場音樂會上說：「現在世界上還有八．五億人晚上餓著肚子睡覺。」聽到這裏的時候，我的心又一次像針扎一樣地被觸動了。晚上睡覺作夢，夢見屋子裏放滿了饅頭和餃子，但怎麼也吃不到自己嘴裏。夢驚醒後焦慮不安，我到廚房拿了一塊麵包，發現長年飽食終日，肚子裏已滿是油水，並不飢餓。

十幾年來我一直在爲消除貧困做著一些小事情。我有一個指導思想：「救急不救窮！」像病人或者受到突發災難打擊的人們，我們最應該去幫助。而對更多其他的窮困人群，要改變他們的生活現狀，最根本的辦法是教育，讓人人都有獲得資訊、知識和增長能力的機會，這只能靠教育。我們也看到許多人通過教育，還有自身的努力，改變了自己和家庭貧困的命運。同時，教育還會使人的精神世界得到進步，看問題會更理性、更科學、更廣泛一些，最終可以認識到「人類是一家」。當這些受到教育的人擁有財富之後，因爲教育促使了他們精神世界的進步，動物性也會因爲精神的進步受到約束，他們會甘心情願地爲公眾的利益做出一些犧牲。所以，我主要是幫助一些貧困地區建一些小學、中學，還有資助那些上不起學的孩子們。

大約在幾年前，我在做這些事情的過程中遇到了各種各樣的困難，當時我想，不要在這些小事情上花自己太多的時間和精力了，能爲國家多交一些稅，國家有一個完整的系統會把這些事情做好的。但很快，我發現，自己身上好像在分泌一種化學物質，讓自己煩躁不安，吃不好、睡不好。這可能與我小時候的經歷有關，也可能與我一直追求精神的信仰有關。中國有句古話：「富人想開悟，如同大象鑽針眼。」這句話道出了富人想開悟的困難，也許是因爲我內心的精神追求，與現實世界一直在打架，我在這兩者之間還沒有找到一個契合點。

一星期前，在亞布力召開的企業家論壇上，大會把我分到了「建立和諧社會」這個分論壇。我在會上講了這種感覺，擁有財富之後不做善事，身上會分泌出讓人焦躁不安的化學物質。任志強馬上接過我的話說：「你身上分泌了化學物質，讓你不安，是因爲你的第一桶金不乾淨。我是國營企業的幹部，我身上不會分泌那種讓人焦躁不安的化學物質！」聽了這話，我本想解釋，但回頭一想，任志強是那種想什麼就說什麼，而說了之後他自己也會忘了的人，我又何必太計較呢？

記得前年（二〇〇四）八月三十一號晚上，當著幾十個記者的面，他說潘石屹是北京的周正毅。前不久，我在我的新浪部落格上寫了一篇〈任志強才是眞正的藝術家〉的文章，文中提到他說我是周正毅的話，他看到之後給我打電話，說我瞎說，他根本沒有說過這話。一想到我爲他這句話耿耿於懷地想了好幾年，而他卻早已忘了，可能當時說的時候就沒過腦子，也就不想再多做辯解和計較了。

可能有藝術家氣質的人都會有點不拘小節，所以他說的第一桶金的事我也就釋然了。但我說的不做善事，身上會分泌出讓人焦躁不安的化學物質的事並沒有淡去。那些還在困境中掙扎的人還是會經常觸動我，讓我想起我的渴望幫助和溫暖的童年時光。我想，我們每個人，如果有機會，都應該通過適當的途徑做一些力所能及的善事，不論大小，都會在給予別人幫助的過程中尋求到一些靈魂的平靜。

周正毅

一九六一年生於上海楊浦區，前上海地產控股有限公司主席，原農凱集團公司董事長，曾被國際知名雜誌《富比士》封為上海首富。二〇〇七年十一月，上海市法院對周正毅案作出判決，周正毅虛開增值稅專用發票、挪用資金及個人單位行賄等罪名成立。

競爭、合作和磋商

在我們現實生活中，常常存在著不好的四種人際關係模式：保護式、自以爲是式、獨裁式和操縱式。這四種模式在我們的生活中存在的時間很久，可能在奴隸社會、封建主義、資本主義中這些關係是有效的，是可以解決一些眼前的問題的，但是社會發展到了今天，再用這些關係模式來解決我們的問題，已經遠遠不夠了，甚至會有許多負面的效果。人類幾千年的歷史進程中，兩百年之前的變化是非常緩慢的，變化也是非常簡單的。但在最近一、二百年的時間裏，人類的生活發生了翻天覆地的變化，變化的速度更快、更豐富、更複雜，我們能夠生活在這樣一個豐富的年代是我們的幸運。但在慶幸的同時我們該如何來面對這個複雜、豐富的社會，又如何來處理更複雜的人際關係與事務呢？如果我們再延續已有的（上述四種）思維模式將會使我們在處理問題時非常地失望、沮喪，有些事情會陷入惡性循環，永遠沒有出路，見不到光明。

這四種模式中最致命的點是沒有讓大家都參與其中，所以，會有一些人的個性和才能受到壓抑，沒有很好地發揮。我想我們能夠有一種更有效的辦法面對我們的新世紀，那就是磋商，更多地合作，在磋商的前提下更多地合作。

我們這個社會越來越複雜，我們吃的、穿的、住的，我們身邊絕大多數的事情和我們所需要的東西都不是我們自己來完成的，都是別人提供給我們的。所以從橫向來看，要更多地跟別人合作，看到別人的長處和優點，一味地排斥別人會無法在這個時代中尋找到自己適合的位置，就會被這個新時代拋棄。縱向是對我們自己，以時間爲這種豎向的縱軸，今天的我要跟昨天的我去比較，今天的我和昨天的我去競爭，看有沒有進步，這種進步主要是精神的、思想和知識方面的進步。如果我們面對這樣一個豐富的時代，面對所有需要處理的重大問題，我們還用當初的思維模式去解決，那我們就無法成功。

磋商是一門藝術，不僅僅是一種技巧，它更多的是需要跟大家在一起進行心靈層面的溝通、精神層面的理解。在磋商時要先調研、搜集資料，每人盡可能瞭解更全面的資料，在磋商中要把每人的觀點、資料放在一起，放在一起以後這些觀點就不只是你個人的觀點，應該成爲大家的觀點。大家去評論、分析，選擇一種大多數人認同的觀點，再採取聯合行動，並在聯合行動的過程中去反思，大家再一起評價、思考，再磋商，再聯合行動。這就是磋商的全部過程和迴圈。這是一種比過去的四種人際關係更有效的、更適應新時代的人際關係。只有利用這樣一種新興的人際關係，才可以解決我們現實中的問題，讓我們少一些困惑，讓我們的團隊成員有愉快的人際關係，人人心情舒暢，工作更有效率，更有熱情；把人善良的、創造力的一方面充分調動起來。同時，在磋商聯合行動、評價和思考這個迴圈過程中，會使我們更加接近我們的目標，接近眞理。

朝外 SOHO

磋商過程中最大的障礙是磋商的成員非常自我，不能夠忘掉自己，死抱著自己的觀點。在自己的觀點沒有得到別人認可時就產生消極的、負面的、抵觸的情緒，這種心情會使自己忘了我們的目標，忘了我們追求的眞理，自我的陰影大於一切，把捍衛自己的觀念誤認爲是行動的目標和我們要追求的眞理。我們應該理解每一個成員是這個集體中一個細胞，我們有各自不同的功能，但我們有共同的目標，這個共同的目標就是讓整個機體健康運行。如果讓極端個人主義無限膨脹，某一個細胞無限制地生長，拚命地吸收別的細胞必需的營養，整個機體的健康就會受到威脅，這樣的細胞就是癌細胞，是對身體不利的。

我們面對的世界是多樣性的，要尊重這種多樣性，才能夠團結起來，不要指責對方，打擊對方，這也是形成以合作和磋商爲基礎的新型態人際關係中非常重要的一點。尊重和承認人的多樣性，其實對個人、家庭、企業和社會來說，都是非常重要的。任何單一的模式、單一的功能細胞組成的機體都是沒有生命力的，是要死亡的。

磋商的過程中也可以增加每個人的責任感，因爲他發表了自己的意見，他參與其中，他的意見得到了大家的尊重和認可，一旦得到了大家的尊重，團體的每個成員就更有責任感去實現目標和接近眞理。

　　磋商的過程中每一個人都要有開放的心態，要使用仁慈的語言。任何互損、指責都是非常負面的，對達到目標是沒有任何意義的，所以磋商時細到每一個表情都是非常關鍵的，我們要用微笑的表情、仁慈的舌頭使我們的磋商和合作更有效。

　　人類社會的高速發展使人類社會迅速進入了成熟期，所以我們要擯棄過去一些幼稚的做法和人際關係模式，建立一種新興的人際關係，這種新興的人際關係就是以「性本善」爲出發點，用磋商手段建立起來的合作關係。

一件衣服在說

二〇〇五年初，我的西洋設計師把我的樣子設計出來了，通過網路把我的模樣傳到了中國。中國勤勞的小姑娘用她的雙手，用中國優質的布匹，以及做衣服的各種輔料，按照當初國外設計師設計的樣子很快地就把我製造出來。我在中國誕生了，並被貼上了洋牌子，同時寫上了我的出生地：Made in China。這時候，我的身價是很低的，小姑娘只賺取了一點點很少的加工費，但我知道，我的目的地不在中國。等到了歐洲，我的身價就會很體面了。

是的，你猜對了，我的目的地是歐洲，具體在歐洲什麼地方，我也不知道，如果運氣好，我想也許會在歐洲尋找到一個好的主人。不久，我就漂洋過海地被運往歐洲。我知道，他們想趕在耶誕節前把我送到，這樣我就能賣個好價錢，然後被當作一件體面的聖誕禮物送給我的主人。雖然我很遺憾不能在我的出生地中國找到我的主人，但想到可以長途旅行，並且還能爲製造我的勤勞的小姑娘帶來一些收入，我還是很高興。那個小姑娘可以過個快樂的新年了吧？我這麼想。不過，我遇到了一點麻煩，因爲歐洲沒有給我簽證，我還不能進入歐洲各個國家，於是在碼頭的倉庫裏一停就是幾個月時間，待的時間長了，我很委屈，但歐洲各個國家可不管我心裏怎麼想，他們提出來要收我占用倉庫的費用，眞讓人著急。好在是中國領導和歐盟的領導協調成功，在倉庫裏住了幾個月之後，我終於進入了歐洲的市場，趕上了歐洲的耶誕節。

耶誕節前後是歐洲人購物最瘋狂的時期，運氣好的話，我可能在這時候找到新的主人，並在歐洲安家落戶。但是，耶誕節前我卻沒有被賣出去，還待在商店裏。唉，這趟旅行眞是不順利，可憐我這麼漂亮，卻只能在耶誕節的第二天被減價，不但我，所有的商品都在減價，減得很厲害，三十%~五十%不等。我混在這些減價商品裏，被貼上減價的標籤，並以五十%的價格往外出售。我正擔心自己沒人要時，來自中國的張欣和潘石屹在耶誕節後的第二天來到了商店，他們來自我的出生地，和製造我的小姑娘有一樣的膚色，一樣的黑眼睛，我感到特別親切，如果我能被他們選中多好啊！他倆在商店轉了一圈，最後停在我旁邊說：要給朋友送件禮物，這件衣服挺合適。我高興壞了，眞想告訴他們，我和他們其實是老鄉的。很快我就到了張欣的手裏。商店的售貨員對他們說：你們如果不是英國人，要出國的話還可以退稅，可以按銷售價的百分之十七退。張欣提拎著我，走到商店的另一個櫃檯，去辦了一下退稅的手續。就這樣，我跟隨著張欣、潘石屹他們一家人一起到了飛機場，他們到了海關退稅的地方，退稅處退回給他們十七%的現金。儘管我被減了價，還退了稅，身價一跌再跌，但比我從中國離開時的身價還是高了不知多少倍。我不知道該喜還是該憂。

建外 SOHO

就這樣，我又坐上了飛機，和潘石屹、張欣一家一起回到了我的出生地——北京。我的一趟全球旅行就這麼結束了。

精神進步與創新能力

在媒體報導中出現的兩件事情讓我感到非常的吃驚，一件是中國出口到西班牙的六十萬雙鞋子，一共六十萬雙，在倉庫被壞人燒了，之後中國方獲得全額補償，支付了共計五十八萬歐元，核算下來一雙鞋的價值不到一歐元。我們去到歐洲許多城市去看，在市場上看到最便宜的鞋也是十到二十歐元，貴的甚至是一百、兩百歐元。我們辛辛苦苦地製造了這一雙鞋，提供消耗了這雙鞋價值中全部的能源、原材料和最基本的人工，卻只有一歐元不到的價值。歐洲卻因為有品牌，他們有設計能力，他們不用耗一點電，也不用花費一點皮革，更不用消耗其他的能源和原材料，就賺了比我們高幾倍、幾十倍的錢，價值一下翻了好幾番。我在想，我們到底缺了什麼。

前不久又看了一則消息：中國一直對歐盟出口的服裝，因為歐盟方突然提出配額問題，所以使原來已經按合約發貨的服裝，擠壓到歐洲的各個碼頭港口和倉庫。媒體報導說有七千萬件，而法國一共才幾千萬人，這七千萬件對他們來說確實是一個龐大的天文數字。於是歐盟不讓這些服裝進入他們的市場，與中國政府談判，還要收中國人占有倉庫和港口的費用，這個問題一時成了當時的焦點。最後各讓一步，問題是解決了，但清點完一看，不是七千萬件，是八千三百萬件。

我想，中國人的勤勞加上本身勞動力的成本低廉，使中國成了一個世界加工廠，我們用自己的眞材實料，用自己的各種能源消耗做出了各種各樣的衣服、鞋子，但是因爲我們缺品牌，缺新的設計，就只能夠做最底端、附加價值最低的東西。不僅如此，我們用自己的能源、原材料和勞動力賺取非常微薄的利潤，還要受到他們各種各樣的限制。我在想，我們到底缺了什麼？

有人說，中國在發展中浪費太大，GDP占全世界的四%，但消耗的能源和原材料占了二十%到三十%。看看以上的兩個例子就可以知道，我們耗費了一雙鞋所需要的所有能源和原材料，而這雙鞋給我們帶來的價值卻只有生產一歐元的鞋，這樣來創造的GDP一定是不高的。而歐盟把這一歐元得來的鞋到市場上賣一百歐元，這九十九歐元的價值卻沒有耗他們任何能源和原材料，就輕易把錢賺到手了。所以他們同樣的GDP中，消耗的能源和原材料就少。

要簡單地說中國在發展中太浪費，我覺得是不全面的，我們到底缺了什麼？這是我一直在想的問題。我們缺的正是創新、創造力。在一個物質匱乏的年代，我們首先解決的問題是吃飽飯，穿暖衣。這個問題在中國過去二三十年發展歷史上，我們不僅實現了，而且還創造了一個全世界都公認的奇蹟。但社會在不斷地發展進步，我們不能老在這一個基本層面上停留。現在創新和創造力是解決溫飽之後我們面臨的一個更大的問

建外 SOHO

題。如果沒有創造力和創新，我們只能在低層次上徘徊，停滯不前，我們就不能夠很快進步。想再用創造物質財富的手段去解決創新和創造力的問題是不可能的，因為創新和創造力的問題是屬於精神的問題。物質的問題只能用物質的手段去解決，精神的問題要靠精神的手段解決。只有我們的精神進步了，精神文明得到發展了，我們才能夠看到美好的事情，發現美好事情的價值，並用我們的大腦和雙手去創造美好的東西。如果沒有精神的進步，美好的東西放在你面前，你也不會發現，你甚至會以為是垃圾、破爛，給隨意地丟掉，更談不上用自己的智慧去創造。

所以創新和創造力是我們現在最需要的，也是我們要發展和進步最重要的資源和財富。它對目前的中國而言，可能遠遠比石油、煤礦更重要。

思索

以精神力量挑戰變化

人是猴子變的嗎？

從小受的教育都是說人是猴子變來的。有一天看了一本書，說人是從猴子變來的講法是達爾文胡說八道。列舉了一厚本書的道理，說人就是人，絕不是由猴子變來的。我陷入了困惑，一直認爲人就是猴子變的，今天怎麼又不是了呢？那我們人到底從哪來？帶著困惑與妻討論，她很堅決地說：我早就認爲人不是猴子變來的，我的祖先怎麼能是動物園的猴子呢？可我腦子一直轉不過來這個彎，人到底從哪裏來的這個問題一直困惑我，我在心裏還是感到我可能是猴子變的。

法國大作家亞丁來到我們家做客，用生動的文學語言描繪了他發現的一塊寶地，在北京的北邊懷柔縣境內，過了長城，在長城的腳下。他講，長城是一道分水嶺，過了長城有許多果樹就不結果了。但他發現的這塊地，秋天每棵樹都結果，春天每棵樹都開花。並說攝影師陶然已經在那裏建了一個法國式的古城堡，把他的法國太太和混血兒子安頓在裏面居住了。我們有點心動。

孔子說：「仁者樂山，智者樂水。」不知如何解釋，特向一學者請教：到底是仁義

達爾文

之士喜歡山，智慧之人喜歡水，還是仁者高興時像山，智者高興時像水。這位學者說，「都不是。是跟著仁者遊山，跟著智者玩水，跟著姑娘青春常在。」我們就跟著大作家亞丁來到了這塊寶地交界河。交界河原來是河北與北京的交界線，隨著北京的地盤擴大，交界河地處北京懷柔縣的中間了，但這個名字還是叫下來了。到了交界河一看，我們都很喜歡這塊地。我也進一步證實了達爾文說的是對的，我就是由猴子變來的，不管別人相信不相信，我是信了。我從心底喜歡山，喜歡有靈氣的山，這地方的山就很有靈氣。猴子多少萬年一直生活在山裏，與山有了感情，與山上的樹、山上的綠色有了感情。在我們人的「基因」裏就遺傳下來了對山、對樹、對綠色的眷戀。用科學的語言說，綠色的波長，最容易被人的眼睛接受，是最健康的顏色。

要眞正在這裏建房子還要下一番決心，老覺得遠，不方便。倒是週末與朋友一起有了個去處，週末經常帶朋友一起去山裏吃虹鱒魚。

有人研究發現，中國的長城與一條非常重要的線——十五英寸等雨線吻合。十五英寸等雨線一直是農業文明與牧業文明的分水嶺。一年的降雨量要小於十五英寸就不能從事農業生產，人與自然的關係，中間必須有一個環節，這個環節就是牛、羊；人不是直接與土地的果實發生關係，而是通過牛、羊的肉和奶供人們生存。大於十五英寸，才能從事農業生產。中國的長城實際上是爲了避免兩種文明的衝突，人爲設立的一道屛障，讓人直接與土地發生關係，免去了中間環節牛和羊。

交界河這塊地也可能是長城與十五英寸等雨線不吻合的一塊地方。春天我們來到這

進化論

裏，每星期山上的顏色都不一樣。有時遍山一片紅色，桃花開了；有時滿山是一片白，梨花開了。到了冬天，山的景色就是一幅典型的中國山水畫。

「交界河的山有靈氣」，幾乎成了我的口頭禪，不斷向朋友介紹。遇到了一位北大學地質的朋友，批判了這「靈氣」的說法：「靈氣」只是你的一種感覺，爲什麼交界河的山有靈氣？是因爲它年輕，大約形成的時間只有多少億年；山上的石頭形成的山峰還沒有來得及被地震或雨水沖平。隨著歲月的推移，山也會被大自然磨得沒有稜角。看起來就不再年輕了，沒有靈氣了。在科學面前，我無言了，再也不說這山的「靈氣」了，但要說年輕，一般人一時也聽不懂，山怎麼會用年輕來形容呢？不管怎麼說，年輕眞好！

快一年時間過去了，總是下不了決心。這一年裏有了三家人，亞丁家、吳稼祥家和我家，每次去總是設想一番，下次去再設想。房子名字倒是起好了，吳稼祥給他家起了個名字叫「聽濤軒」，意思是聽到濤聲的房子。張欣給我們的房子起了個名字叫「山語間」，意思是山與山說話的地方。亞丁終於等不及我們兩家的拖拉，他「背叛」了我們，從法國雜誌上撕下了法國古城堡的照片，自己設計，動工了。

張欣懷孕了，有了讓讓。吳稼祥夫婦未婚先孕，也懷了孩子。建房子的計畫暫時擱下了。

有一天，來了一位英國朋友，看了這塊地非常喜歡，要與我們一起合建。從此我們下定決心要建房子了。猴子要歸山了。

於是有了我們的「山語間」，我們請了設計師張永和來做設計，在有靈氣的山間給我們安了個家。

潘石屹自建的「山語間」

「山語間」，
意思是山與山說話的地方。

30

敬鬼神而遠之

從地球上有了人類，到法拉第發現電磁感應定律這漫長的歲月中，電在大自然中一直存在，磁場也一直在大自然中存在，只是人們不瞭解它，把見到的各種自然現象都歸入到鬼神之列，被敬起來了。從有人類開始一直到西醫有了解剖學，人類才搞明白了身體各種器官的功能，也因爲是人類不瞭解，用已有的經驗和身邊常見的金、木、水、火、土來區分和解釋。今天，我們已經瞭解了全部的世界嗎？沒有，依然遠遠沒有。我們已知的世界就像黑夜中手電筒照亮的空間一樣有限。未知部分是除了手電筒照亮空間之外的整個世界。有人在某一領域內不斷地發現規律，擴大了人類已知的部分，讓我們人類的手電筒照得更亮、更遠。這些人無論他們在什麼領域和行業，都是值得大家去尊重的。更讓人尊重的是那些除了在自己的領域不斷發現，還時時刻刻都在留意其他那些沒有被手電筒照亮的空間的人，這些空間也是世界的一部分，還是很大的部分。

在孔子的著作中很少提及來世和鬼神。當他的弟子問及來世時，孔子說：「未知生，焉知死。」對鬼神的態度也是：「敬鬼神而遠之」。這很能反映出儒家對未知領域的處世態度——在沒有瞭解清楚規律的情況下，不要自以爲是，否則會受到傷害。二〇〇二年初，SARS來了，病源是什麼？在新浪網上看到一些自以爲是的專家，肯定地說病源是衣原體，於是全國人民都按衣原體來治病。等到WHO發現病源不是衣原體，是冠狀病毒時，時機已經錯過，得病的人、死的人已經很多了。當時，每天都在公布又有多少人病了，又死了多少人，誰也不知道明天又會死多少人。這件事對我的觸動很大，這可能就是醫院常說的誤診吧。這位專家的眼神在我的大腦裏怎麼也抹不去。最近幾個月，我又見了許多的人，凡是看到這種眼神的人，我都把他們有意無意地歸到自以爲是的那一類裏去。

有些人，包括我自己，總喜歡用創造、創新這類的詞，感到用這些詞過癮，覺得自己能做出一些創造和創新的事來。其實這也是自以爲是的一種表現。用「發現」這個詞可能要比創新、創造更符合事實，也是對未知的領域和大自然多一分敬畏。人們要發現，要創造和創新，首先，需要一種狀態和態度。爲了方便和順口，我還是把它叫成「創新狀態」。不承認沒有被手電筒照亮的空間的存在，對黑暗的空間、未知的領域沒有敬畏之心的人，是不可能進入這種「創新狀態」的。那位在電子顯微鏡下看到SARS的病源是衣原體的專家，肯定沒有進入這種狀態。這種狀態是什麼樣的狀態？幾千年來，人們在尋找，可能是那種「出世入世」的狀態，也可能是「禪」的狀態。有人有這種狀態，有人沒有。有人改變自己的態度可以進入這種狀態，但有人永遠也無法進入。有人有時有，有時沒有。比如有位作家曾進入這種狀態，寫了一部很好的小說，後來再也沒

法拉第

有進入過這種狀態，以後所寫的所有小說很可能都是爲了掙稿費，都是濫竽充數的垃圾。再比如，有人要進入這種狀態一定是在餐桌上，最好是晚餐，喝一點酒，最好是好的紅酒或香檳，在十人之內，他一定會進入妙語連珠的狀態。這種「創新狀態」是最好最高的境界，沒有任何東西能夠控制人自由出入這種狀態。

其次，就是不要讓已經存在的標準成爲你創新和發現的「緊箍咒」。當我們在大自然中，在一些旅遊景點時，導遊總要把大自然中的一些風景套上《西遊記》和《三國演義》的故事來提起遊客的興趣，想要創新和發現的人，萬萬不能進入導遊的思維中。手電筒照亮空間的標準和手電筒沒有照亮空間的標準是不一樣的。我們的頭腦中應該保有對「發現」和「創新」的好奇，而不要成爲一些「像什麼」、「我早就知道了」的「知道分子」。前些天，在倫敦借宿朋友家，朋友說，最近在倫敦橋旁，有位男人在半空中的一個箱子裏不吃不喝地待了四十多天，倫敦大小的報紙都在報導。朋友雇了輛計程車，讓我去看，計程車司機告訴我，這人是神經病，腦袋出毛病了，沒有什麼好看的，看看別的吧。做這樣奇怪舉動的人，九十九%可能是神經病，但也有一%的人是在試圖打破人們習以爲常的、既定的思維模式。

再次，就是不要被「工具」和形式所左右，電腦、語言、文字、公式都是工具，而不是事物的本質。我們只能借助這些工具去發現，但絕不要陶醉於這些工具本身。愛因斯坦在晚年（一九四六年）寫了一篇文章，題目是「$E=MC^2$」，愛因斯坦在表示質量和能量的互等性，他在文章中特別加了一句話：互等性的說法不確切。我想天才的愛因斯

愛因斯坦

坦也想不出一個恰當的詞來表達。想不到愛因斯坦研究的高深理論，若干年後卻被人頻頻引用：我從倫敦去機場的路上看到一座大樓名字叫 $E=MC^2$。北京新建的傳媒大道有一座過街天橋的名字也叫 $E=MC^2$。我家有戶鄰居，總喜歡買最便宜的東西，壞了以後全家動手修理，所有的工具她家都齊全；有一天，我發現她家買了一批便宜的折疊椅，椅子上面居然全印著 $E=MC^2$。這讓我想到另一種現象，十年前，我跟著易小迪背佛經，可能是我的悟性太差，沒有什麼長進。後來我看了禪的一些公案後，覺得對我這樣的常人的智慧很有啓發。但很快發現，「禪」開始氾濫，建築師用「禪」來標榜自己的建築；畫畫的用「禪」來標榜自己的畫；做飯的用「禪」來標榜自己的餐廳，一些人覺得中文的「禪」不過癮，就用英文ZEN。這時形式已經與它的本質完全的分離了，僅僅作爲一個符號，成爲街上的一陣過眼煙雲的流行。

長城腳下的公社：怪院子

瞎耽誤工夫

十年前，一次偶然機會接觸到了佛學，艱澀的佛經總是讓人一知半解，只知道了一粒沙子裏有萬千世界，一滴水裏有萬千世界。好在是出了位南懷瑾，把佛經口語化、大眾化了，慢慢地走進了佛的一個分支——禪，知道了人還可以頓悟。「棒」、「喝」之間就可以得到智慧，知道世界本來面目，神奇吸引了我，我又在這上面逗留了幾年時間，一九九七年寫了一本書《茶滿了》，回頭看正是我在禪中逗留時期留下的。「茶滿了」這三個字，還是在日本時，禪宗中的一句偈「吃茶去」給我的啓發。近幾年「禪」氾濫了，「禪」成爲了一種時尚，飯館、茶館、家具店都用「禪」來裝飾自己。外國人還把禪翻譯成了「ZEN」，成爲一種家具風格、建築風格，甚至標榜成爲一種生活方式。當禪被當作時尚符號時，也就不能成爲禪了，也不可能是一種對智慧的追求，當今天人人都談禪時，我感到不是智慧、不是頓悟，而是一種假惺惺和裝腔作勢。「世界的本質是什麼？」我還是懵懵懂懂不知道。

當愛因斯坦說 $E=MC^2$，C是光速，是一個常數，常數的平方當然也是一個常數。也就是說能量等於質量乘一個係數。能量和質量是可以相互轉化的。很少的物質，在特定的情形下可以轉化成巨大的能量，於是地球上就出現了原子彈。但 $E=MC^2$ 到底是什麼？我沒有讀懂，頭腦中還是一片混亂。

英國有位殘疾人叫史蒂芬・霍金，他的回答十分直截了當，沒有隱語，也沒有暗示。「宇宙是大爆炸形成的，時間是一百五十億年前。大爆炸之後，就有了時間和空間。大爆炸初的十分之一秒，宇宙密度比水大三千萬倍，溫度是三百億度。十四秒後，溫度是三十億度，第一個氘原子核形成了。三十四分鐘後，用了七十萬年時間，電子能附在原子核上形成了原子。在過去一百五十億年的大部分歲月裏，質子、中子和電子結合形成了恒星。」科學家的語言總是這樣精確和肯定，時間可以精確到十分之一秒。但爲什麼會大爆炸？沒有這個起點的世界是沒有時間和空間的嗎？如果我們回到沒有時間和空間的世界會是什麼樣子？這樣的世界存在嗎？是不是沒有物質存在而只是以一種狀態形式（愛、恨、嫉妒等）存在？

爲了「世界本來是什麼？」這個命題，我接觸了我能接觸到的宗教、藝術。但困惑我的問題還是沒有答案，有時甚至到了吃不好飯、睡不好覺的地步。當在一次聚會上崔健說「我是沒有宗教信仰的有神論者」時，我回答說：「我是有一切宗教信仰的無神論者」。也就是我在所有宗教中尋找答案，他們都有自己的一套。

上海舉辦「上海雙年展」，主題是「都市營造」，也請了我去參加他們的研討會，好在還不是拉贊助。如今中國拉贊助太可怕了。晚上在上海新天地，和幾個朋友在一家酒

南懷瑾（右）
史蒂芬・霍金

吧裏聊天，我對舒可文說出我的困惑。舒可文告訴我，有位哲學家叫維根斯坦，他最大的貢獻就是讓「哲學終止」，他最著名的著作《邏輯哲學論》最後的一句話，也是結論性的一句話是：「想不明白的問題就不要去想！」人無法徹底瞭解宇宙是因爲人和宇宙都存在於同一個邏輯中，就像人不能看到自己的眼球一樣，通過鏡子看到的眼球，也只是眼球的投影，是一個假象。人也是不能揪著自己的頭髮離開地面的。

想不明白的問題就不要去想！

舒可文還告訴我，他們單位有個司機看到他們整天在忙，總是用一句話表達：「瞎耽誤工夫！」

我坐上汽車去飛機場，就要離開上海了，「想不明白的問題就不要去想！」「瞎耽誤工夫！」是這兩句話提醒了我。

但我再看世界上一切事情，從此多了一份敬畏，山外有山、樓外有樓，永遠有無法認識的未知領域。對人、對市場、對情感、對藝術、對未來，我都懷著一顆敬畏的心。天慢慢暗下來，大上海商業廣告的霓虹燈亮起來了，豪言壯語的廣告詞在我眼前掠過。其中一句房地產廣告詞留我記憶中「後現代的豪宅」。

我也不再那樣不能自拔、苦思冥想了。

維根斯坦

32

國王的新衣與大象屎

十四歲之前我看的書實在是太少太少了，那時候最常見的書是《毛主席語錄》、《毛澤東選集》，可是對小孩來說這些書太難，看不懂，唯一聽老師講過的童話故事，可能就是安徒生的童話《國王的新衣》。

前不久我給小孩買了一套《安徒生童話》的CD放在車上，希望他們的童年能夠聽更多的童話，看更多的書，不要像我的童年一樣缺乏書籍的滋養。昨天我和張欣一起送小孩到學校去，在車上陪小孩又聽了一遍安徒生《國王的新衣》，我和張欣都很有感觸。張欣說安徒生太有智慧了，把許多偉大的道理用童話講得繪聲繪色，也非常透徹，我也有同感。其實我們常常可能跟國王犯一樣的錯誤，明明自己沒有穿衣服，還以爲是穿著華麗的衣裳。

這讓我想起英國當紅的藝術家克里斯・奧菲利（Chris Ofili）。他在一九九八年獲得了英國現代藝術的最高獎「透納」獎，成爲有史以來第二個以畫家的身分獲得這個獎項的人。二○○三年，他作爲英國的代表，出席了第五十屆威尼斯藝術節。他的作品被著名的藝術館和博物館爭相收藏。同時，我也在《亞洲經濟時報》上看到國外基金經理爲了買下一件他的藝術品，花費超過一百萬美元。

克里斯・奧菲利的作品都是用大象屎做成的。去年，我在英國的泰德博物館裏看到了他的作品，我是和張欣帶著小孩一起看的。張欣說：看，這就是克里斯・奧菲利的大象屎。我的小兒子馬上跑過去聞聞看有沒有臭味。

克里斯的作品一九九九年在紐約展出的時候，他在聖母瑪麗亞的像上也用了大象屎。當時的紐約市長朱利安尼批評他褻瀆了聖母瑪麗亞的形象，藝術界又紛紛起來批評朱利安尼。後來中國藝術家去紐約展出他們的作品，問朱利安尼的意見，朱利安尼不敢說了，說：我不懂藝術，我就不評價了。我想這就是當今社會中「國王的新衣」現象。把大象的屎掛在牆上作爲藝術品，別人說好，自己就只能跟著說好，誰說不好，誰就是沒有品味，沒有見識，不懂藝術。這樣沒有了自己的判斷，人云亦云，進入一個可怕的誤區。

現在中國個別的當代藝術家比起克里斯來有過之而無不及：鑽牛肚子、吃小孩的肉、做人肉沙發等等，到了無聊之極的地步。我想這一定不是什麼藝術，是對人類尊嚴的踐踏。這種「國王新衣」的故事，現在不光是發生在藝術界，商界、股票市場、文化界都有這樣的現象。所以，安徒生《國王的新衣》童話故事不光是小孩們要讀，我們大人們更應該去讀。想一想，我們的身邊經常會出現「國王的新衣」的故事，我們要多一些小孩的勇敢和童眞。

長城腳下的公社：手提箱

一個人活在這個世界上要活得眞實、要活得自然
不要怕失去自己身邊的東西
爲了得到這些東西千方百計地去媚世、媚俗，也媚雅

給自己清零

人活到了三四十歲之後，頭腦中一定會有各種世俗的看法、固有的觀念，有各種各樣的污染。正是這種污染使我們的生命不再年輕，讓我們喪失了許多的創造力和生命的生機。人們開始擔心失去已有的名譽、地位和各種關係的資源，要放棄這些東西，讓自己回到最原始的狀態，變成了一件很可怕的事情。正是這種擔心和可怕，越來越使人變得世俗，阿諛奉承、不求上進，千方百計地在討好著這個世界，一步步地失去著人性中最本質的東西，失去了人性中最有創造力的東西。

有一位北大的朋友給我講了一個故事：哈佛大學的校長來北京大學時，講了一段自己的親身經歷。有一年他向學校請了三個月的假，然後告訴自己的家人：不要問我去什麼地方，我每星期都會給家裏打個電話，報個平安。然後這位校長就去了美國南部的農村，去農場幹活，去飯店刷盤子。在田地做工時，背著老闆吸支菸，或和自己的工友偷偷地說幾句話，都感到很高興。最後他在一家餐廳，找了一個刷盤子的工作，只工作了四小時，老闆與他結了賬，對他講：老頭，你刷盤子太慢了，你被解雇了。這位校長回到哈佛後，回到自己熟悉的工作環境，但感到換了另外一個天地：原來在這個位置上是一種象徵、是一種榮譽。這三個月的生活，重新改變了自己對人生的看法，讓自己復了一次位，清了一次零。

在這個世界上，一個人要放棄自己已有的東西，是一個非常艱難的過程。幾年前，我們幾個年輕人下海、辦公司時，借鄧公南巡的東風，讓我們成爲了先富起來的一批人，完成了最初的資本的原始積累，有了一個比較大的「舞台」。短短的幾年，資本規模迅速擴大，在商界也成爲人人都在議論的奇蹟。伴隨而來的是各種榮譽、拍馬屁、合夥人之間的明爭暗鬥。有一天我突然意識到作爲三十歲出頭的人，應該擺脫這種狀態，要離開這個公司，重新把自己放在最原始的狀態，讓自己重新開始。另一個原因是在此之前，有人把我的成功歸結爲運氣好，並定量地總結了六個好運氣。改革開放初期的中國，成功似乎不是來自於權勢，必然就是來自於好的運氣。我更看重的是自己能力的提高和培養。所以我下定決心，要讓自己重新成爲一無所有的狀態，鍛鍊自己的能力，證明自己的能力。

剛一離開，許多事情發生了翻天覆地的變化，完全出乎我的意料，我的合夥人給我開了一個批判大會，主題是「正本清源」。我馬上提出抗議，這位合夥人也很坦率，對我講：「把你的名字借我，我罵你一年，等我的威信樹立起來後，等公司穩定後，我再也不會罵你了。」似乎是我的錯誤，我太吝嗇，一個小小的名字都不願借給別人用一用。膽小的同事不敢與我往來了，見風轉舵，拍馬屁的小人更是遠離我而去。白天我並沒感到有多痛苦，但每到晚上，總是不斷地重複著一個夢，夢見許多人在流淚，不讓我離開，在不斷地喊叫：「我們需要你！」我也在不斷地流淚。等到醒來後，總是發現枕頭上有不少的淚水。

最近，我把這個夢講給了一位學心理學的朋友，她解釋說，作這個夢不是他們需要你，而是你太孤單了，你需要他們。這個夢重複了許多個夜晚，終於有一天，我病倒了，流了一身的虛汗，休克倒在了廁所。等我醒來後，體力有些恢復，我打電話給在國外的老婆，她馬上通知在北京一位姓王的大姊來照顧我。這次經歷，對我的心理有一種脫胎換骨的感覺，眞正勇敢地讓自己回到了人性最原始的狀態。心理強大了，意志變得堅強了。

一個人活在這個世界上要活得眞實、要活得自然。不要怕失去自己身邊的東西，爲了得到這些東西千方百計地去媚世、媚俗，也媚雅。有位歌星叫王菲，總是給觀眾翻白眼，自己唱自己的歌，不與觀眾交流，我行我素，大家還很喜歡她，都認爲她「酷」。爲什麼？我們需要自我的、有個性的東西，需要眞實的東西。

現在有些人下崗了，被裁員了，有人似乎感到天倒塌下來了。其實，這沒有什麼了不起，幾十年的計畫體制，把人們慣懶了、慣壞了、慣出了許多的惰性，當我們回到原始狀態時，我們一定會感到生活是很美好的。

兩年前，我們寫了一本《茶滿了》的小冊子，有好幾位朋友問我們，爲什麼茶滿了不好？爲什麼人的大腦沉澱的東西越多越不好？我說，我們只有讓自己處在一種空靈的狀態，處在一種沒有負擔的狀態，處在一種沒有污染的狀態，才能像一個空杯子一樣，給杯子裏裝進智慧，裝進創造力。如果一個杯子滿了，沒有空間了，它就變成了一個沒有用的杯子。

長城腳下的公社：俱樂部

自我與靈魂獨行

前幾天買了一本周國平的書，書名叫《靈魂應當獨行》，看後挺受啓發。我們每一個人的生命都是很獨特的，經歷和經驗也是獨特的，是別人不能替代的。我們的靈魂和思想也是獨特的，所以每個人成長的道路、追求眞理的道路也應該是獨特的。只有獨立思考，獨立地去追求眞理，相信自己的眞切感受，才不會在成長和追求眞理的道路上迷失方向。許多教條、迷信和偏見都是背離我們追求眞理和成長的正確道路的，我們要擯棄對所有事情的偏見。

韓國電視劇《大長今》有一段對白，最高尚宮娘娘讓大家去品嘗貊炙裏面有什麼特殊的調料，幾乎所有人都回答是白糖，只有長今一個人說：不是白糖，是紅柿子。尚宮娘娘問：你爲什麼認爲裏面放了紅柿子？長今說：因爲我嘗到了有紅柿子的味道。之後最高尚宮娘娘責怪自己不應該這樣問，因爲自己在裏面加了紅柿子，當然會有紅柿子的味道。所以自己嘗到的就是自己眞實的感受，沒有別的任何教條和說教比自己的親身體驗更眞實可靠。

《駭客任務：重裝上陣》電影海報

教條常常使我們迷失方向，不相信自己，不相信自己的眞切感受，不相信自己的眼睛，而相信別人的說法。如果我們的生命像水杯一樣，已經盛滿自我，盛滿了各種各樣的偏見、教條和迷信，我們就不能夠接受任何新的思想，生命之杯再也沒有盛其他東西的空間了。「自我」是自己對自己的偏見，導致自己總覺得自己是正確的，別人是不對的，而這往往就是戰爭的根源、爭吵的根源，是團結最大的障礙，也是我們成長道路上最大的障礙。

如何才能消除自我？我看到了許多與精神靈魂有關的書，基本上都是在講消除自我，因爲只有在消除自我的過程中，自己才能夠變得強大，不可戰勝。人的脆弱都是來自於自我。

《駭客任務：重裝上陣》中有一個鏡頭，男主角尼歐最後要戰勝機器人，實際上機器人就是尼歐自我的複製，要戰勝機器人，就要犧牲自己，只有犧牲自己才是戰勝敵人最好的辦法。我常會想到這個鏡頭，也經常在想，自我可能就是人生的一個癥結，放棄自我才能眞正獲得自由。

35

《檀香刑》的第五百塊肉

前不久讀了莫言的小說《檀香刑》，這是我讀過的所有書裏面最殘忍的一本。在書中，他描寫劊子手實施的「檀香刑法」比他描寫的另外一種刑法「凌遲」還要緩和一些，莫言手下的凌遲是最殘忍的刑法。

我記得剛讀完莫言描述凌遲的這一段，正好要在西邊的香格里拉飯店見客人，到了飯店的門口，已經到了與客人約會的時間，我還是花了十分鐘左右調整好自己的心情之後，才到大堂裏面去見客人。

幾個月前，與莫言一起在現代城的茶馬古道吃飯，主要談他的小說《檀香刑》，也談到了「凌遲」。莫言談到他寫這些酷刑的初衷，實際是從魯迅的小說中受到啓發，批判一些中國人人性中麻木不仁的看客心態。莫言說：中國人的人性中有這種看客的心態，在歐洲人的人性中，也有這種看客的心態。在歐洲要用絞刑處死一個犯人時，也有好多貴婦人、貴小姐買好票，穿上漂亮的衣服，戴上漂亮的帽子去觀看。當被處死的人被帶上絞刑架，或者斷氣的時刻，這些貴婦人也會遮著眼睛尖叫，但第二次有這樣的事情她們還會去。

吃飯間，莫言的手機響了，是義大利使館文化處來的電話，他們正在把《檀香刑》翻譯成義大利文。但他們在翻譯的過程中發現，凌遲這種刑法說要從人身上割下五百塊肉，這個人還不能死，這是一種技術。而在莫言的原文中只寫到了四百九十塊肉，割少了。莫言想了一會，一邊吃著茶馬古道的雲南菜，一邊說：那就再加十刀，左屁股蛋上五刀，右屁股蛋上再加五刀。這五百塊肉就算是湊齊了。

這讓我也想起《聖經》中對耶穌被釘在十字架上的描述，耶穌被釘上十字架之前還要受到鞭打、油煎、頭上戴上有刺的帽子的折磨，釘在十字架上後沒有多長時間就死了。但莫言在《檀香刑》中描述的這幾種酷刑跟耶穌被釘之前的待遇截然不同，在莫言的描寫裏，臨刑前犯人一定要吃好，養好精神，尤其在實施刑法的前幾天，還要讓自己的親人去餵人蔘湯。把身體養好了，因爲行刑後犯人活的時間越長，劊子手認爲這活才算做得漂亮。這就是人對人的殘忍，看完之後，讓人不寒而慄。

那時，正是在評茅盾文學獎的前幾天，莫言似乎還很有信心，認爲自己的《檀香刑》應該能獲得這屆的茅盾文學獎。幾天後我在媒體上看到，《檀香刑》這本書因爲幾票之差沒有獲得茅盾文學獎。

如果誰心理承受能力比較強的話，可以看看這本書，如果沒有一定的承受能力，我勸大家不要拿起這本書，免得給自己的心理造成很大的恐懼和不安。

《檀香刑》書影

莫言（左）和潘石屹

第三種生活方式

談到第三種生活方式，到目前爲止，我還眞是沒有搞清楚到底它是什麼。我想可能第一種生活方式就是我小時候過的，吃不上、穿不上，特別艱苦。第二種就是最近幾年，社會發展得很快，科技也發展得很快，原來糧食都不夠吃，現在多得不知道怎麼辦。我小的時候根本就沒吃過蘋果，現在家裏買的都是幾箱幾箱的蘋果。這可能就是第二種生活方式。然後第三種呢？原來沒東西的狀態是第一種，有東西、東西豐富了是第二種，然後呢就是吃飽了撐的，這可能就是第三種。現在肚子吃飽了，天天就要琢磨事情，琢磨看看要到什麼地方去。

爲了說這第三種生活方式，我想先回顧一下第一種生活方式。第一種生活方式對我們這一代有著一輩子的影響。在中國像我這樣歲數的人，他們吃苦，缺吃少穿是一種普遍現象，可能大多數四十來歲的人都有這種經歷。我記得小時候經常吃不上飯，大家關心的都是糧食的問題，沒人關心這吃飽了撐著的事情。在我們老家一年十二個月有七個月的糧食就是最好的情況了，所以能不能活下去就是首要的問題。那個時候我們家裏好幾個小孩，生活十分地艱難，實在過不下去了，爸爸就勸服媽媽把剛剛出生幾個月的三妹送人了，因爲在當時活下去是最根本的事情。我想這個時期的生活對我的性格也有很大的影響，在農村的日子養成了我開朗的性格。後來到了南京上學的時候，我就突然變得不怎麼說話了。我就一直在想啊，而且我最近也在看這方面的書，這人的性格到底是什麼造成的？佛洛依德說，人的性格和人的經歷有關。於是我回想初到南京的時候，我隨身就帶了兩條藍色的棉褲，都穿了很久了，還有兩條做得很大的內褲。當時班上有四十個學生，其中三十一個都是女生。所以我特別擔心褲子磨破給人家笑話。於是我經常摸摸褲子後面，看看有沒有磨破，每次摸的時候都會感覺，哎呀，又薄了。當時頂著這樣一種壓力生活、學習。我想這可能也就造成了我當時的那種性格。這就是第一種生活方式。

記得我大學畢業參加工作的時候，領四十六塊錢的工資，加上八塊的野外補助。而就在那一年，我兩個妹妹相繼考上大學了。我當時的工資一分爲三，把其中的兩份寄給她們。可是這怎麼生活呢？我說過，活下去是最基本的要求，所以我只有跑到深圳去。因爲我工作十分勤奮，所以也掙了比較多的錢。緊接著中國很快富裕起來，然後就有了很多的東西，多得都不知道該怎麼辦了。記得我有一次去廣州，見到一個新世界大廈。他們說這個大樓裏面的房子全都貼著金紙。我當時就在琢磨，這錢再多，也不能往牆上貼金紙啊！可這是爲什麼呢？因爲吃飽了撐著了，都不知道該幹什麼了。我們經常會看到，身邊的很多有錢人追求的都是住一個多大的房啊，開一個多靚的車啊，開的是賓士啥型號或者BMW哪一款啊，他們追求的是這樣的東西。

所以我就老是在想，物質生活得到滿足之後，我們應該追求什麼樣的生存狀態呢？我覺得最重要的一點是人與人之間的關係。在別人不舒服的時候，我們應該盡量去幫助他們幸福、快樂。但是，首先我們必須使自己快樂起來。如果你自己都不快樂，老是板著一張臉，你怎麼樣讓人家快樂起來呢？我想這二者之間是沒有衝突的。此外我認爲我們的生活應該達到一種簡單化。簡單是一個非常本質的東西，禪宗思想也是最強調這一點。自古到今，禪宗對中國的影響是巨大的。所謂「見性成佛，直指人心」，也就是這個道理，心裏面怎麼想，就直接表露出來。我想這應該是我們談的第三種生活方式。

在路邊攤吃燒餅

化妝品也會成癮

某天，北京市規委召開一年一度的徵求意見會議，邀請我去參加。會上同桌坐著一位小伙子，我想可能是房地產開發商。會議開始前，他很神祕地輕聲對我說：「我問你一個私人的問題，要不方便的話你也可以不回答。」我說：「你說吧。」他說：「你是不是用納美爾？」我從來沒有聽說過這個名字，就問他這是幹什麼的，他說是護膚的。我對他說：「我這麼多年來，一直就用一種護膚品，凡士林，洗澡之後，從頭擦到腳，用得習慣了，也沒有試著用過別的。」他說：「納美爾價格很貴，五千塊錢一小瓶，外面的人都說你是用納美爾保護自己的皮膚。」我說：「這麼值錢的東西我享受不了，還是五十塊錢一大瓶的凡士林對我來說更適合。」

談到護膚品，我想起最近看的一部電影《貓女》，這個電影就是關於化妝品的。電影中，一家公司研製了一種化妝品，人的皮膚對這種化妝品有成癮性，一旦使用了這種化妝品你就得一直使用下去，如果中間中斷使用，人的皮膚就變得特別糟糕，像得了病一樣，非常恐怖。電影的女主角就在此公司工作，偶然知道了這個祕密，公司老闆知道後，就派人把她害死了，而她又被一隻貓施法救活，變成了一個貓女。

這部電影也不是危言聳聽，我想日常生活中的確有許多東西是會成癮的。記得十多年前，我和張欣剛結婚，張欣推薦我每天吃一粒多種維生素，她說這是純天然的，沒有任何化學的物質，所以沒有副作用。於是我就堅持每天吃一粒，漸漸地我發現，自己身體的抵抗力提高了，一般的小病不得了，皮膚也變得非常光滑，果然效果不錯。我堅持了幾年時間，有一次在外地出差，忘記帶這種維生素了，去的又是東歐國家，時間還挺長。本想到了國外，再到當地的商店去買一些這樣的維生素，但語言又不通，到商店去，也不知道哪種是維生素，所以有二十多天沒有吃這種多種維生素。沒過幾天，就感覺渾身上下都不舒服，口腔潰瘍也隨之出來了，皮膚乾燥，還生了腳氣。回想起來這其實就是吃維生素成癮了，正常食物中的維生素已經不能吸收了，只能依賴這種多種維生素的藥片。

回來之後，我下定決心要戒掉這種維生素，我不能把我的生命、我的健康和美國生產的這種保健品掛起勾，萬一眞發生點什麼大事情，美國突然不給中國供應這種維生素了，或者美國的這家工廠被恐怖分子炸掉了，那我的健康就成問題了。人要保持身體健康，最重要的是要適應各種各樣的環境，無論發生什麼事情，都不要過分地依賴任何一種食物，尤其是任何一種藥品。

化妝品也是同樣的道理，一方面給我們帶來好看的皮膚，同時，另一方面也會讓我們的皮膚對天然環境的適應性越來越差。甚至有些人化妝品用得過度了，如果不把臉化妝

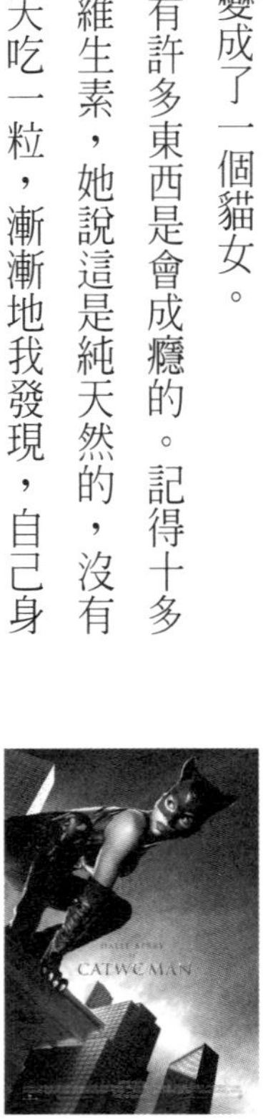

《貓女》電影海報

好都不敢見人，這就是使用化妝品的一個迷思，也是人們太依賴某一種物質的一個錯誤。

在當今世界上，除了大家所熟悉的菸、毒品、某些止痛藥等會讓人上癮，產生依賴性之外，其實還有化妝品，它和這些東西一樣，也會讓人成癮的。我的個人感受是，凡是讓人上癮、產生依賴性的東西，都應該有限度地使用，免得爲其所控制，不但某種物質，有時精神世界中也有有害的讓人上癮的東西，比如對名利的追逐就在此列。

建外 SOHO

38

也做了一回男主角

有網友問我，幾個月之前聊天的時候還說對拍電影不感興趣，怎麼現在已經拍完了？這種事情此一時，彼一時，原來覺得電影離我很遙遠，他們說要我拍的時候，我就想著可以試一試，正好手頭上的事情也不多。尤其是今年，整個周圍環境的變化還是挺劇烈的，像八·三一大限、宏觀調控、農民耕地凍結、銀行要漲利息等等，人在周圍環境變動較多的時候，反而需要更加安靜一點。拍電影，實際上也是讓我能跳出圈子去看一看，保持安靜的一種方式，讓自己在這個行業裏面不要有太多的想法，也不要有太多的動作。

決定拍《阿司匹林》基本上沒什麼波折。有一天我在開會，洪晃給我發來簡訊，問我有一部戲，裏面有個「海歸」的角色演不演？我回家後就和張欣商量，她說：「你一個純種的『土鱉』還敢演『海歸』？」我想也是，可後來見了導演，導演跟我說，雖然我不是「海歸」，但我夫人是「海歸」，所謂「近朱者赤、近墨者黑」吧，至少我是最理解「海歸」的人。加上我本身多少也有那麼一點氣質，所以最後決定接這部戲。

在拍電影之前，一直都是看電影，小的時候，家裏沒有電視，特別是沒有網路的時候，電影對我們的影響還是很大的，尤其是在偏僻的小山村裏面。我印象最深的是《地道戰》、《賣花姑娘》、《地雷戰》這些電影。都是露天電影，用大機器每個村輪流放。一九六九年之後我們村裏裝上了喇叭，只要喇叭一喊「今天要放電影了」，大家晚上就都跑過去看。有好多村子沒有裝喇叭，就靠口傳，很快一村一村的人都傳到了。

那時村子裏基本上大半年甚至一年，一個村子才能放一次電影。我記得最有意思的是我們到一個臨近的村子看電影，那時候放電影之前要先播放革命歌曲，我們想看電影等不及了，就大喊「別放革命歌曲了」。我們去的那個村子，裏面的老農從來不知道看電影可以不用聽革命歌曲，他們以爲多聽一首歌就多占一些便宜，死活不讓放，也跟著喊，「再聽一首歌，再聽一首歌。」

電影對我小時候的影響還是挺深的，那時候人們接觸資訊不像現在這樣多，特別單純。看完《地道戰》、《地雷戰》，第二天大家能記下各種各樣的台詞，而且記得很熟。輪到我演電影的時候，背台詞成了一大負擔，背了好幾天，台詞死活也記不住。可能是如今需要記的東西太多了，多就不容易深入。

拍電影，我最大的一個體會就是電影完全是導演一個人的作品，在一個攝製組裏面，導演是高度的集中，導演說什麼就是什麼。剩下燈光、道具、服裝、場記、攝影、音響都是配合的，包括演員都是配合的。導演說該笑了，我就趕緊笑；導演說左手舉起來，我就趕緊舉起來。不像電視訪談裏面完全是自己做主的，願意說什麼就是什麼。表

《阿司匹林》電影海報

面上看電影和電視沒有區別，實際上區別很大，尤其是直播，直播的時候說五、四、三、二、一，一開機，你說什麼就是什麼了，說的時候你要不斷動腦筋，可是拍電影時動腦筋的是導演。

導演和一個企業的領導者相比，導演更集權一些，企業顯得更民主一些，執行的力度也不那麼緊張。以前一看見導演蓄著大鬍子或者說好長時間不收拾，常覺得是裝酷吧？這次發現他們拍電影，確實是顧不上刮鬍子，也顧不上吃和睡覺，通宵就是通宵。好像老母雞在孵小雞，到最後幾天，老母雞死活不出來，不吃也不喝，等孵完小雞以後老母雞都是枯瘦如柴，牠是在用自己的能量把小雞孵出來。

《阿司匹林》的導演鄢潑剛從法國回來，比較客氣，什麼事都跟大家商量，好多演員就說，「你怎麼跟副導演似的。」一般導演是說幹什麼就幹什麼，只有副導演是做說服工作的。

我在劇組裏跟導演沒有任何矛盾，讓幹什麼就幹什麼，這可不像論壇，說房地產市場，一會說泡沫了，一會說崩盤了，爭論來爭論去。片場裏沒有嚷嚷，也沒有你嚷嚷的場合，說怎麼做就怎麼做。氣氛也不是讓你嚷嚷的氣氛。這次拍電影我的另一個體會是拍電影還是要做功課，之前他們給了我一本書，我根本沒看，給了一個劇本我也沒看。後來發現一定要看劇本，因爲只有看完以後，你才能理解每個場景的前後關係，這一點特別關鍵。不看劇本就不知道故事的情節發展，也不知道導演想要表達什麼事情。

很多人問我覺得自己演得好不好，我也不知道自己演得好不好，一頭扎到裏面去，人家說怎麼拍就怎麼拍。我覺得他們整體對我的評價還是挺高的，梅婷說：「我都不敢跟記者說你演得比專業演員好，第一說演得比專業演員好，人家專業演員不高興；第二這個片子是我們拍的，這樣說人家覺得我們吹牛；第三好像我拍你馬屁似的。所以，我就不敢說了。」

還是等電影出來大家看了以後再評價吧。

拍《阿司匹林》最多的場景就是吃飯

39

走進藍天

我們四人飛進了西藏，飛機必須在早晨十點之前降落，來到了貢嘎機場大約是早晨八點，這塊離藍天最近的地方乾淨、自然。機場上除了跑道，便是天然的鵝卵石。坐公共汽車順著雅魯藏布江行走一百公里，到達了拉薩，在拉薩轉了一圈，沒有什麼好看的，便向世界極地——珠穆朗瑪峰進軍了。

青藏高原是上帝的一件作品，無論是每一種顏色，每一個山峰，湖水、河流，都讓人感動。但上帝在創造了這件藝術作品後，默默地躲在作品的後面，讓他的作品去激發詩人、歌唱家、文學家的靈感。

此時，我想起了一段話。捷克作家米蘭・昆德拉的小說《生命中不可承受之輕》獲獎了，讓他去領獎，領獎會上他說，托爾斯泰寫《安娜・卡列妮娜》時曾構想了一個故事梗概，安娜是一個罪有應得十分可惡的女人，但在寫作過程中，似乎有一種外來的力量，托爾斯泰稱之爲「小說魅力」，寫出了現在我們看到的書中的安娜・卡列妮娜，構想中的安娜與作品完成後的安娜完全是兩個人。他認爲一個人在創作出自己的作品後，

米蘭·昆德拉

應該藏在作品的背後，當你跑去作品前面時，一定會破壞作品的形象。一部小說如此，一部電影也是如此，大家如果記住張藝謀這張臉時，一定會影響他創造的作品，應該讓作品自身去表現，去說話。

當我們在土地上建了幾座房子時，不斷把自己與房子聯繫在一起，如果房子也是一件作品，那麼這樣做就是對這件作品的破壞。建房過程更像拍攝一部電影，是大家共同合作的結果，不同於一個人寫一部小說，我們作用充其量是其中一個。

剛建「現代城」時，我一心撲在現代城上，敲鑼打鼓地把現代城帶上了場。在作品一天天完成時，我就不應該再敲鑼打鼓去破壞作品，讓作品本身向社會說話、交流。猶如一個孩子，長大以後，大人就不能管得太多。我與現代城關係如同鹽與山珍海味一樣，人們把鹽稱爲食物中的「君子」，鹽要恰到好處，把山珍海味的美味帶來之後，自己要躲在外面。如果在山珍海味中加多了鹽，這時鹽就變成了「小人」，破壞了山珍海味的美味。

青藏高原是離藍天最近的地方，讓我在這裏發現它，也發現我們自己。

冥思是傾聽內心

科學家已經證實了我們現在生活的陸地原來大部分都是海洋。去北京郊區的房山就可以看到一層層斷裂的岩石，這些岩石是海洋存在多年之後，又經過多次的地殼運動沉積下來而形成的，也就是我們大量使用的建築材料——青石板，它們記錄了地球變遷的歷史。

除了科學的驗證，我們還可以在很多神話和歷史故事中看到對遠古時期陸地上到處是洪水的描述。《聖經》中的「諾亞方舟」就描述了我們的地球曾經經歷過的一次洪水大劫難。中國古代《大禹治水》的故事也是講治水。大禹的父親鯀曾帶領大家一起治理洪水，他採用的方法是「堵」，哪裏有洪水他就讓人們用石頭和土去堵，不見成效反而水害越來越厲害。後來他的兒子禹吸取父親的經驗教訓，採用疏導的辦法，終於把洪水引入了大海，效果很好。於是就有了今天的長江、黃河和遍布中國大地的各個河流。舜帝去世後，禹也因爲成功治理洪水被大家推舉成了帝王，成了中華民族的英雄，大禹治水也成爲佳話世代相傳。

現代人在這些大江、大河上修了水庫，進行水力發電，給人們帶來了能源和光明。其實電在人類發明它之前一直是在自然界中存在著的，當人們還不能掌握它時，它給人類帶來的總是災難。以前經常遭受雷電災害的地方，總會看到一個小廟叫「雷公廟」，這個廟就是專門用來乞求雷電不要再降禍於人的。我們老家對人最惡毒的詛咒就是罵他「雷擊的」。但當人類認識了電的規律，電就開始造福人類了，於是就有了輸電網、變電所、開關和各種各樣的電器，給人們帶來了很多方便，到現在，我們的生活再也離不開電了。

人類已經進入資訊時代，無處不在的資訊就如歷史上出現過的洪水、雷電一樣，如果不能夠自如地應用，就會給人們生活帶來許多污染和混亂。洪水需要水道、水壩，電需要電網、開關，同樣，資訊也是需要開關的，否則氾濫的資訊就會給人類社會帶來非常大的混亂。我記得在《數位化生存》這本書中，有一個詞叫「鉛傘」，實際上就是資訊時代的開關。

資訊社會，發展日新月異。在這樣的時代，人無疑需要智力的增長。但是，更加不能忽略的是精神和靈魂的成長。智力的增長一定是在學習和思考中逐步進行的，而精神和靈魂的成長一定是在冥想中進行的。資訊無孔不入，我們比任何時候都更需要在冥想中傾聽自己內心的聲音。當然，各種信仰對冥想的叫法都不一樣，有的叫「靜心」，有的叫「冥想」，禪宗中還有個叫法叫「打七」。人只有每過一段時間就給自己一次冥想的時間，有一段靜心的時間，人才會變得不浮躁，不會在氾濫的資訊中迷失方向，才能安靜下來。

「冥想」不一定是一個人面壁，在一個小型會議的間歇，也可以有一個短暫的冥想。當然，一個高質量的會議應該是大家暢所欲言和交流思想的時候，在這樣的時候既能夠使人們的智力增長，讓大家的思想相聚。但事實上我們看到的越來越多的會議上，大家已無法集中精神、聚精會神地去思考一個問題，去討論一個問題。會場上，每人手裏都開著手機，都在發著手機簡訊，這樣的會議是沒有質量的，是很難讓自己和別人進行思想交流的，這樣也就很難眞正、根本地去解決每一個需要解決的問題。所以，在資訊時代我們能不能對我們的生活設計一個「鉛傘」，能不能在開會時關上手機，就如同給我們的電流裝上開關一樣，這樣才能在有效利用資訊的同時，又不會讓資訊給我們的生活和工作造成更多的污染和混亂。

攜手

達沃斯、博鰲、亞布力

達沃斯的世界經濟論壇

瑞士的達沃斯（Davos）是在阿爾卑斯山脈腳下的一個小村莊，這裏冬天的氣溫很低，經常是攝氏零下十幾度，甚至攝氏零下二十度，但卻沒有任何的風，空氣也非常潮濕，空中還時不時有雪花飄落下來，感覺不是很冷，而且常年積累下來的雪很厚，大概有一公尺多，很乾淨，很潔白，給人的意境很美。

達沃斯現在有六千多居民，在過去的冬天，因爲這裏的山大坡陡，所以常常發生雪崩，現在在陡坡的地方做了一些防護措施——起防護作用的護欄，雪崩的現象不再發生了，這裏也因此成了開會的盛地，許多國家元首、皇室成員、跨國公司的CEO，以及各行各業的明星每年冬天都彙集到這裏。

瑞士給中國人留下印象最深的可能除了瑞士軍刀和瑞士巧克力之外，就算是達沃斯的世界經濟論壇了。

正是開會的季節，這裏住滿了各國政要、CEO、明星、詩人、作家等等，我們只能住在山腳下一個叫卡萊斯的村子裏的一個小飯店裏，飯店很小，我們住的房間也很

從飛機上俯瞰阿爾卑斯山

小，除了一張床，我們的兩個箱子放進去之後，就沒有落腳的地方了。好在每天都在緊張地開會，早起晚歸，回到飯店的時候已經很晚了，倒頭就睡，房子小一些也沒有什麼影響，但上網很不方便。

卡萊斯離達沃斯還有十八公里的路，每天都要經過好幾道嚴格的檢查才能進入會場。第一天，我在主會場遇到了張永和，我們大概有大半年的時間沒有見面了，我們坐到了一起參加會議。會議開始之前，我問他最近身體怎麼樣，他說，發生了一次車禍，撞斷了三根肋骨，其中一根肋骨插到肺裏，把身體撞了個稀里嘩啦。去麻省理工學院建築學院任教之後，張永和似乎變得更沉默了。

開完這個會，我對張永和說：「下一個會是曾培炎的演講，我們坐到前面去吧。」張永和問我曾培炎是誰，我說：「他是中國的副總理。」張永和說：「哦，是眞的嗎？」我說：「當然！」我們一起坐在了前面。

曾培炎的講演有講稿，講完後，我們旁邊的外國人說：「講得好，中國領導人的態度，講話的語氣都很謙和、很誠懇。」我當時忙著照相，沒有注意聽具體的內容，出門時發現在門口的桌子上，曾培炎副總理講話的中英文稿都整齊地擺放在那裏，封面上印著中華人民共和國的國徽，其他什麼都沒有，乾乾淨淨的，於是我拿了一本帶回來了。

曾培炎副總理的講話，主要是根據中國的「十一五規劃」而講的，講的都是關於中國未來如何發展的事情，都在往前看。而上一次德國總理梅克爾講的內容卻總是離不開東西柏林的合併、柏林圍牆的倒塌，講的都是十幾年前、二十年前的事情，這與中國往

達沃斯地理位置

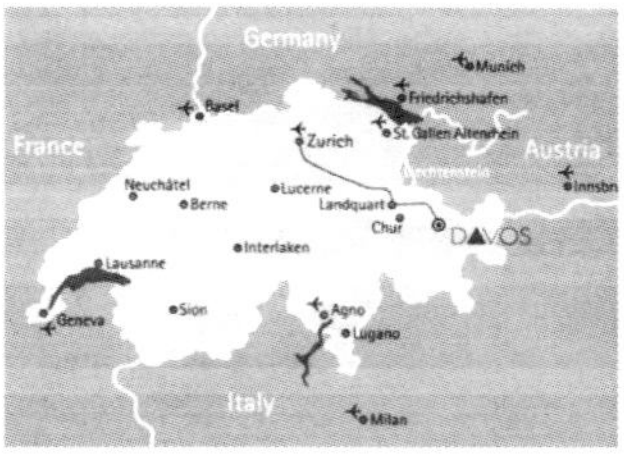

瑞士機場

前看、求發展的角度形成了鮮明的對比。

會議上每人發了一張圖表，這張圖表上面的數字是從一八二〇年以來，中國、日本、印度和其他的亞洲國家在世界GDP中占的比重。我看到在一八二〇年時，中國在世界GDP中占了三分之一的比重，可是到了一九七三年，只有五%了。中國未來的目標，如果GDP能恢復到第一次鴉片戰爭前占世界的水平，中國就富強了，中國人民也就富裕了。

我在想，十九世紀的歐洲是什麼樣的情形，我們可以從雨果的《悲慘世界》中看到法國當時的經濟情景，窮人從貧困走向絕望，從絕望走向犯罪的道路。《悲慘世界》中的主人公尚萬強爲了偷一個麵包，多次越獄，被判了十九年的苦役；而今天的法國，麵包好像不要錢似的，變得不再值錢了。

我記得去年夏天，我和張欣帶著兩個小孩在巴黎，當時，兩個小孩看到馬路上一輛裝可口可樂的車上有一隻貓，於是就對著那隻貓指指劃劃的。那個裝卸工聽不懂中文，以爲兩個小孩想要可口可樂喝，馬上給他們每人送了一罐。張欣還對小孩說：可樂太甜，少喝點，別把牙喝壞了。

這就是今天的法國，而這個國家就是一百年前《悲慘世界》發生的國家。

達沃斯雪景

達沃斯山上有很多防止雪崩的護欄

42 田溯寧聊蓋茲、精神、信仰

比爾·蓋茲在主會場演講之前，我和田溯寧在一起，我對溯寧說：「你發給我的蘋果電腦CEO賈伯斯（Steve Jobs）的三個故事，以及我們兩人的通信，我都發在我的部落格上了，並且做了一個專題，網友們的反應還可以，看的人和評論的人都比較多。」他說：「那我們倆一起再聊聊，你又可以寫一篇部落格了。今天上午，我們和比爾·蓋茲、戴爾他們開了一個小型的研討會，很有意思，這篇部落格寫出來，一定很有價值。」

我和溯寧想找一個地方坐下來好好聊聊，可是怎麼也找不到坐的地方。我對溯寧說：「我們就坐在台階上聊吧。」後來發現從台階上往下走的，不是國家元首，就是公主、王子之類的人物，或者是各行各業的大老。溯寧說他看到走廊的連接處有兩個座位，於是我們兩人就起身走到那個座位，剛坐下，走過來一個歪眼的小伙子，打斷了我和田溯寧的談話。溯寧給我介紹說：這小伙子三十多歲，就是發明在網上打電話的那位，公司的名字叫 Skyper，小伙子的名字叫詹士莊（Niklas Zennstrom）。他以五千美金起家，現在把他的公司賣給了美國的ebay，成交價值是六十億美金，現在這小伙子的身價是三十億美金，但是這個億萬富翁的年輕小伙子看上去非常隨和。

這個歪眼的小伙子走了之後，我和田溯寧接著聊，溯寧對比爾・蓋茲讚不絕口。一是說他這幾天從早到晚，一個會接著一個會地開，還是那樣認眞，那樣有激情，反應還是那樣敏銳；二是比爾・蓋茲除了給自己兩個女兒各留了一百萬美金的生活費之外，把錢全都捐給了社會做慈善和福利基金。

溯寧接著說他們上午開的那個小型研討會，會上有電訊行業、網路行業及娛樂媒體的大頭們參加，比爾・蓋茲、戴爾、NBC的老闆、MTV的老闆、英國電訊的老闆、Google的老闆施密特（Eric Schmidt）等等巨頭悉數到場。會議討論時，大家都認爲今後的十年將是非常混亂的十年，是巨大革命到來的前夜。而誰在這場革命中會做得最成功呢？又應該如何去做呢？他們認爲要建立一個數位生態系統，就是網路行業和傳統的電訊營運行業和內容的提供商，以及媒體和娛樂行業都要互相依靠，互爲市場，互相幫助。做得最好的例子是韓國。據說韓國「三星」的銷售額已經超過了日本的「新力」，去年（二〇〇五）的營業額是一百六十億美元。爲什麼這樣的事情會發生在韓國——一個並不使用今天全世界通用語言英語，而只使用韓語的國家？這主要是得益於前幾年東南亞的金融危機。因爲沒有冬天的到來，森林中的病樹、老樹都一樣活著，而有了冬天，弱的樹種就會死亡，就會被淘汰。所以說東南亞的金融危機對韓國的企業來說就是一場優勝劣汰的冬天。在這一場革命中的動力又是什麼呢？就是創新的企業家精神。世

Google的董事長施密特

充滿激情的比爾・蓋茲

界上電訊的營運商普遍都太保守了，沒有創新意識，沒有企業家精神，沒有這些是不可能成功的。

湖寧說他在會上遇到一位老頭，這位老頭說他是替兒子來開會的，兒子今年只有十六歲，十六歲的兒子發明了一個叫ＩＣＱ的軟體，三十億美金賣給了雅虎。現在這老頭主要在做投資，投資給以色列那些整天受「人體炸彈」威脅，在戰火中生長並編寫軟體的小孩。他說他們是最有憂患意識、最有創新精神的一批人。

談到中國，湖寧感慨道：「中國的企業家是小富即安，小富即官。剛幹成一點小事情就擺出架子，企業家也擺出一副當官的派頭。」我想「小富即安」可能是他講給我聽

1

2

3

4

1.安潔莉娜．裘莉。 **2.**開會時坐我旁邊的就是當今最紅的明星安潔莉娜．裘莉和布萊德．彼特，白鬍子老先生是智利反對派領袖。 **3.**田溯寧在論壇上發言。 **4.**這位年僅三十幾歲的小伙子是 Skyper 公司的創始人，現在身價 30 億美金。

的，「小富即官」可能是他講給自己聽的。言談中溯寧一直對蓋茲讚不絕口。上午我也參加了一個蓋茲和英國財長、幾個國家總統談醫療問題的大會，會上我照了一些照片，同時通過同步口譯聽了蓋茲的談話，我對比爾・蓋茲的印象確實也不錯。

下一個討論的議題是高科技，時間快到了，於是我和溯寧起身，一邊談話，一邊往會場趕。在去會場的路上，溯寧說：「人最可怕的是沒有精神，沒有信仰，有時候當我想不到人民和祖國時，就全身軟軟的，沒有力氣，沒有精神了，中國的精神就是儒家的精神。」進了會場，會場的溫度很高，加上溯寧講得也有點激動，臉上紅撲撲的。我把我這一段時間對網路、精神信仰的看法說了幾句，溯寧挺感興趣，他說：「今年亞布力的中國企業家論壇，咱們一起再好好地談一談。」我說：「好啊，給田源打電話，能不能讓他在這一次的論壇中安排一次分論壇，這種跨行業之間的對話，確實很有意義。」

我們一邊走一邊說，進了會場坐在第二排，第一排是給各種大人物預留的，我旁邊坐的就是當今世界上最火紅的明星安潔莉娜・裘莉（Angelina Jolie）和她的男朋友布萊德・彼特（Brad Pitt），他倆現在在全球的火爆程度，就相當於去年中國的超女李宇春。

達沃斯人山人海的會場，到處都是國家元首、公主王子、企業家和明星。

博鰲藍色海岸

大人物登場了

大人物登場了，我和溯寧的談話不得不中止，登場的大人物有Cisco的總裁錢伯斯（John Chambers）、比爾・蓋茲、Google的CEO施密特，還有那個我們剛才遇見的歪眼小伙子Skyper的老闆詹士莊，主持人是Moore。正在這時，張欣收到了一條資訊，是大會發在一個電子接收器上的，說明天柯林頓要來。

會場上的這幾個人每人各講了幾分鐘。然後主持人提問，問到Skyper的老闆時說：「你們有多少客戶？」這小伙子說：「我們現在有七千五百萬的客戶。」比爾・蓋茲搶過話頭說：「先把名詞搞清楚，你們這七千五百萬個，到底是用戶還是客戶，這些人給你們交錢嗎？要不交錢的話，這就叫用戶，不叫客戶。」小伙子說大概有百分之幾的交錢。在小伙子講話的過程中，我看到比爾・蓋茲不時地撇撇嘴，一副不屑一顧的樣子。看到比爾・蓋茲在台上的表情，我聯想到了中國房地產界的大腕任志強、王石們，他們在房地產論壇上也常對孫宏斌們有這樣的表情出現。我記得在博鰲的一次房地產論壇結束後，張民耕說：「允許你們大狗叫，也要允許我們小狗叫。」搜房網的莫天全接著說：「允許你們狗叫，也要允許我們貓叫。」

有人曾在一百多年前預言，人類進入二十一世紀，戰爭時代就結束了，人類社會將進入一個漫長的次和平時代，這個周期很長。次和平結束後，人類就會進入一個長久的、偉大的和平時代，就如同前些年人們描述的共產主義社會一樣。

在次和平時代，人類之間的糾紛、衝突更多的是用政治的、外交的手段去解決，而不是用戰爭的手段去解決，這時候人們之間會越來越瞭解。我想網路可能就是上帝賜給人們進入次和平時代最好的一種交流和溝通的工具。台上這幾位，他們每個人無疑都是人類進入次和平時代的重要人物。Cisco 是網路解決方案的提供者；比爾．蓋茲提供了軟體的服務；Google 把所有人的事和資訊用一種新的方式組織起來，可以很方便、快捷地查詢；Skyper 讓網路更人性化，把人的聲音在網上傳播，比單一的文字要豐富得多等等。這些人都是很有智慧的人，都是為人類的和平和團結提供服務，並做出貢獻的人。但今天看到他們在台上互相之間的不團結、互損、互相瞧不起，也由此看出了人性的弱點。

長時間地開會，我有點人困馬乏了。看到比爾．蓋茲左手拿著一支飯店的圓珠筆，聚精會神的，時不時在紙上寫寫畫畫，我才發現，比爾．蓋茲是一個左撇子。

有人給比爾．蓋茲提了一個問題：現在的小孩用你們的電腦打電動占用了太多的時間，都不好好學習了，不與現實世界接觸了，進入了一個虛擬的世界。這時候，主持人問他們幾位打不打電腦遊戲。

比爾．蓋茲說，他很羨慕這一代的年輕人

Skyper的老闆說：我不打電腦遊戲，我沒有時間。

Cisco的總裁也說：我不打遊戲。

比爾・蓋茲說：我打。

他接著說，剛有書的時候就有人抱怨，讀書多了不與現實接觸，把讀書的人叫讀書蟲；有了電視，大人們又擔心，小孩沉迷於電視中，不與現實接觸了；現在電腦上、網路上互動遊戲出現，大人們又提出各種各樣的擔心。可是這有什麼不好的？我很羨慕這一代的年輕人，網路滿足了他們各種各樣的好奇心，有任何疑問和事情可以去網上查找，大腦在這種互動式的激勵下更有創造力，比單獨地、單向地看電視對大腦的發展要有效得多。

我想到中國也有很多大人擔心孩子們沉溺於電腦遊戲，耽誤了學習，損害了身體。又想到比爾・蓋茲是一個商人，也許商人是從商業的角度出發去談這些觀點的。就像許多網友指責我前幾年對房地產市場價格的評價是不公正的一樣，因爲我也是商人，我是當事人。但是看一個觀點對不對，歸根結柢，最關鍵的還是看他說得有沒有道理，講話人的身分其實並不重要。

會場上人並不多，大約坐了只有一半的人，我又坐在最前面，於是拍下了一些他們的照片，有機會和大家一起分享。

張欣在達沃斯接受採訪

今年的達沃斯世界經濟論壇上，與會各界人士對中國都非常關注。瑞士電視台在我們去瑞士之前就來到北京採訪了張欣。我們下飛機之後，瑞士電視台又與我們取得聯繫說要繼續採訪，因爲他們不能進入主會場，所以我們的採訪只能在大街上進行。

採訪完張欣後，節目在當天晚上的九點鐘就播出了。第二天我們參加會議的時候，會場的保安、清潔工、給我們沏茶倒水的服務人員都認出了我們，帶來的好處就是：出入方便了。

在會場內，我看到的電視台主要是CNN、CNBC、BBC這幾家，很少看到其他的電視台，估計電視台的採訪轉播權基本被這幾家壟斷了。新華社的記者告訴我，CCTV的記者也來了，但我沒有看到，也許CCTV的記者證只辦了一兩天，一兩天後就過期了。

CNBC的記者 Barti 去年曾在美國給張欣做過一個專題節目，成了張欣的老朋友，這次他又採訪了張欣。我記得上次採訪之後，好幾位朋友還從美國打電話來告訴張欣，說他們在CNBC上看到了張欣的採訪。

Barti的辦事效率很高，平時手裏總拿著一部藍色的手機（Blackberry），一邊採訪一邊在電腦上打字。現在她是美國CNBC當紅的記者和主持人，她的人緣很好，節目的收視率自然也很高。

CNBC採訪完張欣後，我問張欣都問了她一些什麼問題，她又怎麼回答，談了一些什麼。張欣說：「他們問的問題讓我不好回答，沒有辦法，只能夠給我們公司做廣告了。」我告訴張欣：「SOHO中國的銷售額按來源省份來分的話，第一是北京，第二是山西，第三是浙江，第四是美國的加州。美國也是我們SOHO中國潛在的大市場，有我們的很多客戶和潛在客戶。」

張欣接受CNBC的採訪

張欣接受瑞士電視台的採訪

達沃斯的「中國與印度」

達沃斯世界經濟論壇上，大會主題演講的題目是「中國與印度」，演講結束之後，還要分組討論中國和印度的經濟崛起。每一桌是一組，大會還派了一位指導員，最後每組選一名代表來闡述自己組的觀點，我們選出的代表是黃亞生，黃亞生是麻省理工學院研究印度問題的專家，近幾年多次去印度實地考察，還出版了關於印度經濟發展的書。但是他不積極舉手，我們就失去了這次發言的機會。

關於印度和中國的問題，一是說中國和印度的崛起對美國和歐洲到底會造成多大的壓力？——戴爾在給德國總理梅克爾提的兩個問題中，其中一個問題就是「中國和印度的崛起對德國的經濟到底有多大的壓力？」二是說，印度發展的勢頭很快，儘管他們的底子很薄，基礎設施很弱，但印度的工程師多，技術水平高，將來會超過中國。

這次參加世界經濟論壇的印度人很多，推廣工作也做得很好。據說去年在達沃斯開會時，那些印度人把自己關在一個小飯店裏面，慷慨激昂地研討印度如何崛起，印度如何國際化，這些印度人都挺能說。當時黃亞生也參加了他們的研討會，黃亞生給他們建議，說今年的達沃斯會彙集全世界最有影響力的二千多人，可以趁這個機會向他們宣傳印度，向他們招商引資。

今年，印度人聽了黃亞生的建議，從一出飛機艙門開始，到處都是印度的廣告，廣告一直延伸到達沃斯論壇的會場。論壇最後一天，我聽大會的工作人員說，印度人花了大概相當於人民幣幾百萬的錢，搞了一場「印度之夜」。但對我一個中國人來說，雖然看過幾本印度的書，但書中講的都是很早以前的歷史了。今天中國人與印度的聯繫，遠遠比不上跟東南亞國家和地區、日本、美國和歐洲等地的聯繫緊密。一座喜馬拉雅山天然的屏障，把中國和印度這兩個國家分離開了。

印度基礎設施差，城市裏甚至沒有像樣的道路，沒有像樣的機場。但是，他們說印度人很聰明，又因爲原來印度是英國的殖民地，大多數人都會講英語，這也是現在國際化的一個優勢。跟我們同一桌討論的人中，不少人也去過印度，但比較起來還是來過中國的人多。

大家就這樣走馬看花地談了一遍，十幾分鐘的時間也討論不出什麼結論來。但我想我一直很想去兩個國家，一個是埃及，另一個是印度，有機會我一定自己去看看，那到底是一個怎樣的國度，人們在那裏過著怎樣的生活。

達沃斯的雪景

從達沃斯到博鰲

從瑞士達沃斯回北京，經過短暫的停留後，我們一家就到海南島的博鰲（Boao）過年了。依靠現代化的交通工具——飛機，從達沃斯到北京再到博鰲，時空轉換很快，眞有點「才飲長江水，又食武昌魚」的感受。在達沃斯時，氣溫是攝氏零下二十多度，而博鰲的氣溫是攝氏零上二十八度，在達沃斯時我的鼻尖被凍紅了，在博鰲我的鼻尖被太陽曬紅了。

達沃斯成爲世界經濟論壇的永久會址已經有三十多年的歷史了，最近幾年的論壇每次都落不下比爾·蓋茲和柯林頓這兩位大明星。

世界經濟論壇的話題主要以經濟爲主，去的當然大多是企業家，據說今年參與的嘉賓裏企業家占六十%左右，同時也有政治、宗教、藝術、教育、醫療方面的人去參加。根據去年參與人員的建議，今年論壇增加了藝術的部分，中國的幾位藝術家也受邀請去參加會議。不過無論主辦方怎麼想辦法，想什麼辦法，要把會議辦得更豐富、多元化一些，也擺脫不了整個論壇還是以美國人的聲音爲主導的現實。美國人好像是全世界的中心，在爲全人類操心；相比之下，歐洲人只操歐洲的心，說歐洲的事，而且很少看見非洲人參加。

博鰲亞洲論壇成立於五年前（二〇〇一年），亞洲也要有自己說話的地方，就選址在中國海南博鰲。與達沃斯相比，博鰲亞洲論壇還是一棵小樹。當年江澤民主席在出席博鰲亞洲論壇成立大會之時，種下了一棵橄欖樹。這次我來博鰲看到了這棵橄欖樹，樹雖然長得茂盛，但仍然還是一棵小樹。這次我還發現樹前面豎了一個牌子，除了寫明什麼時間種的這棵樹之外，立牌子的人也沒忘了給自己打一下廣告。

博鰲亞洲論壇的參加人主要是政治家。博鰲亞洲論壇成立大會時，中國領導人出席的是江澤民主席，第一屆論壇出席的是朱鎔基總理，第二屆是胡錦濤主席，第三屆是溫家寶總理，第四屆是賈慶林主席，今年就是第五屆了，不知道哪位中國領導人會出席。

博鰲亞洲論壇每年都有二、三十位國家元首出席，企業家在博鰲亞洲論壇中是配角，大企業基本上都是以大贊助商的身分出現的。但也有一些例外，如去年（二〇〇五年）的博鰲亞洲論壇，在會議最後一天，外面已經舉行文藝活動慶祝大會勝利閉幕的時候，論壇舉辦了一場中國房地產的分論壇。龍永圖秘書長和我一起主持了這次分論壇，參加人是清一色的房地產開發商。此前，我曾打電話邀請萬科集團的董事長王石參加，王石說那段時間他正好在北極，無法參加。這次參加的主要是順馳的董事長孫宏斌，華遠的董事長任志強，萬通的董事長馮侖，首創的董事長劉曉光。這次分論壇的對話非常精彩，會後有人跟我評價說，這是論壇中最精彩的一部分。也有人說，這是政府對房地

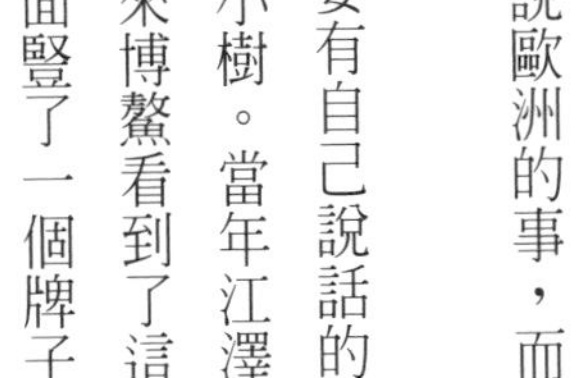

博鰲在海南島的位置

產宏觀調控前，房地產商的瘋狂一跳。

那次房地產分論壇，大會只給安排了一個小會議室，會議室裏被人擠得水泄不通，我在主席台上看見有一半人是站著聽的，儘管也有許多媒體參加，但基本上沒有報導，只有幾個網站報導了這次分論壇的全部過程。聽說今年（二〇〇六）博鰲亞洲論壇還要舉辦房地產的分論壇，那時我們博鰲藍色海岸的會議中心已經落成了，我希望今年的分論壇能在我們的博鰲藍色海岸舉辦。

從吃的方面來講，博鰲比達沃斯確實好得太多，而且價格非常便宜，一年四季都能吃到新鮮的海鮮。而全達沃斯只有兩個中餐館，飯菜和全世界的唐人街沒有什麼兩樣，主要以咕咾肉、糖醋排骨和豆芽菜爲主。

從交通上說，博鰲也比達沃斯更方便一些。飛機飛到海口之後，坐車一小時就能到博鰲；如果飛到三亞，坐車兩小時就能到博鰲。而去達沃斯最近的飛機場是蘇黎世，坐車要三小時才能到達沃斯，除非你是國家元首，或者是比爾・蓋茲這樣的人物，直接坐直升機很快可以飛到達沃斯。

據瑞士電視台的記者告訴我們，達沃斯只有六千左右常住居民，但達沃斯論壇的服務員長得都很漂亮。一天，我、張欣和黃亞生在一起聊天，見十幾個服務員在世界經濟論壇的背板前合影留念，亞生嘴都合不攏地看著。這批服務員走了之後，亞生感慨地說：「長得眞漂亮，瑞士這個小國家，怎麼挑選出了這樣一批漂亮的小姑娘。美國這樣的大國就沒有。」

我參加了每年的博鰲亞洲論壇，今年又去了達沃斯，深刻地體會到，這樣的大型論壇要辦得好，首先要辦得多元化，要有豐富性；二是一定要有幾個鐵杆，像柯林頓、比爾・蓋茲這樣的大腕鐵杆參加。

在達沃斯我的鼻尖凍紅了

在博鰲藍色海岸我的鼻尖曬紅了

走在大同世界的前面

和張欣一起去瑞士達沃斯參加世界經濟論壇，我最大的收穫就是體會到：人一定要走在這個時代的前面，否則不管你過去有多麼輝煌的歷史，有多大的成就和作爲，一旦不與這個時代同步，就會被時代淘汰，就會變得落伍。想當年，索羅斯是如何的叱吒風雲？但從今年的達沃斯論壇來看，時代已經把這一批人遠遠地淘汰掉了。

我們今天這個時代是什麼樣的時代？這個時代有哪些重要的特徵？

我想最重要的特徵就是全球一體化，大家相互之間的聯繫越來越多，把各自的優勢發揮出來，在全世界的範圍內取長補短，誰也離不開誰。這正是世世代代善良的人們所嚮往的，也是從古到今聖賢和詩人所預言的「大同世界」、「太平盛世」。儘管我們有時還看到一些人爲了爭奪一點土地，爲了把自己的生活方式強加在別人的頭上，而產生紛爭、甚至戰爭，但我們看到更多的是每天有上百萬的人利用飛機跨國界地旅行。而手機和網路的普及更是把地球變成了一個大家庭。承認和積極加入全球一體化的國家的人民過上了更好的日子。

在這個時代，我們需要具備的最重要的品質和能力是什麼？

第一，最重要的品質是團結。團結，並且有足夠的協調能力，是這個時代要求我們具備的最重要的品質。任何組織、機構如果不能給這個社會帶來團結、和諧，相反帶來的是爭吵、戰爭、死亡，這樣的組織、機構將在不久之後失去它存在的意義，個人也是如此。

第二，掌握英語。英語越來越成爲世界通用的語言，方便的交流離不開英語。要掌握英語，否則，在全球化時代，就會成了「瞎子」、「聾子」。

第三，還有一樣最重要的工具，就是網路——Internet。網路的確讓人類社會的效率大大地提高了。

團結的品質、英語和網路，是我們在以後工作中必備的。團結的品質尤爲重要，因爲如果沒有好的品質，掌握英語和網路兩個有力工具也會幹出壞事來。

我們公司在一體化背景下客戶遍及全球，我和張欣去年去哈佛演講結束後，得知現場的聽眾中有三位是我們公司的客戶。在美國，不僅西海岸有我們的客戶，東海岸也有，遍及全美國。而現在我們公司最大的客戶是義大利人。這種趨勢，還會進一步地發展。今年我們公司的業務開展和推廣也要從前兩年的單一推廣宣傳，向Internet的商業方面發展。

這個時代是個團結的時代，協調能力、溝通能力比其他技能都重要，因爲你是大千世界中的一分子，你是大循環中的一部分，你是環環相扣緊密聯繫在一起的鏈條中的一扣。與自給自足的農業文明不同，與一個工廠內專業分工也不同，我們所處的時代是全球的大分工、大團結。

坐火車去亞布力

亞布力企業家論壇創建的初衷是學習瑞士的達沃斯世界經濟論壇，想把它做成中國的達沃斯。

從交通上看，亞布力與達沃斯也很相近。亞布力的飛機場在哈爾濱，從哈爾濱機場出發，穿市區走高速公路大概三個半小時才能到亞布力。這種交通的不方便程度，和從蘇黎世冰天雪地開三個半小時的車到達沃斯有得一拚。

從氣溫上來說，亞布力和達沃斯也很相近，都是攝氏零下二十多度。但雖然都是攝氏零下二十多度，達沃斯因爲沒有風，所以倒不是特別凍人；而亞布力據說是黑龍江境內的一個風口，不光氣溫低，而且經常有比較大的風，所以感覺非常寒冷。

從基礎設施條件看，亞布力與瑞士達沃斯倒是無法比較的。這可能就是人均GDP爲一千七百美金的國家與人均GDP接近四萬美金的國家的區別。亞布力沒有直升機的機場，也沒有寬頻上網。在達沃斯世界經濟論壇的會場，有惠普贊助的電子郵件接收裝置，每個開會成員都有一部，既可以隨時上網，也可以隨時瞭解會議日程，並可以與參

亞布力位於哈爾濱東南方

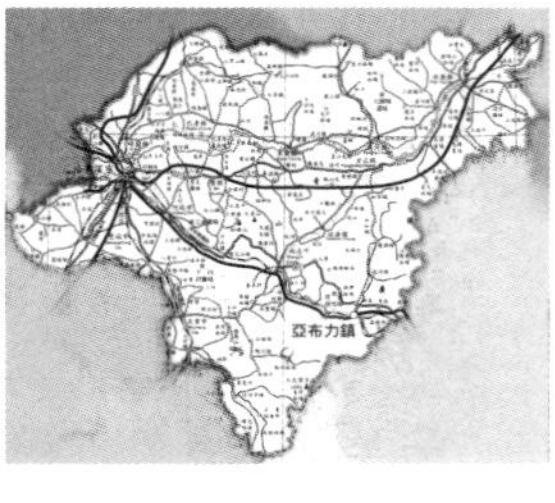

會的每個成員即時地在這個手寫電腦上進行溝通，但唯一遺憾的就是沒有中文輸入法。亞布力的企業家論壇幾乎都靠手工，企業家報名註冊時服務人員翻著列印出來的各種表格進行登記，效率比較低。雖然李寧牌運動服給每個企業家提供了一套滑雪服，但卻還沒有出現中國的哪家電腦公司爲大會贊助電腦，也沒有看到中國的高科技ＩＴ公司把大會的寬頻網路建立起來。

我是坐火車去亞布力的，企業家論壇包了一節車廂。眞正的會議其實從上車就開始了，在車廂擁擠的空間裏，更適於開會討論，火車一邊隆隆地開，非正式的會議一邊熱鬧地進行。每個包廂都有每個包廂探討的話題，你要是不感興趣，可以隨時離開，然後到別的包廂去，不用任何客套，也沒有任何禮節。

晚飯在火車上是泰康人壽的董事長陳東升請客，六菜一湯，比領導幹部規定的四菜一湯還多兩個菜。陳東升是論壇秘書長，王梓木是這屆的嘉賓主持，在車上他們又是沏茶，又是倒水，做了不少的雜活，他們笑稱這就是秘書長和主持該做的事情。田溯寧也很勤快，也幫忙給大家沏茶倒水。我們這個車廂坐了六個人，於是溯寧去跟服務員要六個杯子，服務員拷問了他半天，最後跟他說：「你自己到餐車去拿！」我們笑著提醒溯寧，現在鐵路還是國營企業，不要忘了。溯寧就去餐車拿杯子，餐車的服務員說一瓶啤酒只能送五個紙杯子。溯寧說這是車廂服務員讓拿的。餐車服務員不高興地說：「你回去告訴他們，別把什麼人都往餐車裏支。」最後溯寧想盡辦法，費盡周折，終於拿到了六個紙杯，回來給我們沏了熱茶。我們一邊喝茶，一邊討論，從世界的變革、和平，到企業家的信仰，再到企業的創新，一路暢聊，無話不談，相言甚歡。

亞布力論壇想成為中國的達沃斯

任志強和潘石屹在企業家論壇上

亞布力論壇的主題仍然是「創新」

亞布力企業家論壇的歡迎晚宴上，田源主席致了歡迎詞，除了感謝、祝福、客套的話之外，我記住了以下幾句：

「未來中國經濟在全球眞正的崛起不是通過戰爭，而是通過企業的競爭！」

「在未來的幾十年時間，全球不單是中國單獨的崛起，是中國、印度、俄羅斯、巴西的同時崛起，加上現有的歐洲、北美、日本等國，全球經濟將進入人類有史以來、前所未有的強手競爭時代！」

「當戰爭即將開始的時候，優秀的將領極爲珍貴，在全球商業競爭升級的時候，毫無疑問，優秀的企業家極爲重要。」

「在中國企業家群起出現的時候，我們還看到社會上一些群體的生活地位相對較低，需要通過企業家們廣泛地參與討論，解決這些發展中不和諧的問題！」

高西慶的發言很短，講了他對「和諧」的理解，他個人認爲：和諧社會，「和」字就是人人有口飯吃；「諧」字就是人人可以說話。簡短的談話引起了大會長時間的掌聲。

還有位領導做了富有激情的講演，我數了數，講演五次被掌聲打斷。我猜想，每一次掌聲可能大家都以爲是演講最後高潮的結束，但是接著又是一個高潮，眞是高潮迭起，等演講眞正結束時，大家的掌鼓得也沒有當初那樣熱烈了。

歡迎晚宴在非常熱烈的氣氛中進行著，時間很短，因爲晚飯後還有八個人要做主題演講。

主題演講中張維迎的演講主題是「創新、發展、和諧」。他的主要觀點是：中國的發展與和諧社會的建立，不應是平均主義的和諧觀，而是基於發展的和諧觀。

他重複了鄧小平說的「發展就是硬道理」的理論。他在螢幕上演示了一大堆數字，基本的結論是：經濟學上反映貧富懸殊的指標「基尼係數」（Gini coefficient），與中國各省經濟發展的程度成反比，即經濟越發達的省份，如廣州、上海，基尼係數就低，貧富分化就不嚴重。而經濟欠發達的地區，如甘肅、貴州、西藏，基尼係數就高，貧富分化嚴重。同時，基尼係數與國有企業在這個省的經濟中的所占比重成正比，即國有企業占的比重越高，貧富的懸殊越大，等等。他還強調創新應該是原始的創新，反對模仿；強調創新環境最重要的是自由的思維方式。

我發現，非常巧合的是，中國的科技大會上提出的主題是「自主創新」；達沃斯經濟論壇上提出的是「急需創新」；而今年亞布力的主題是「創新、發展、和諧」。在會上會下，所有的與會人員、企業家，從心裏都覺得創新是非常重要的，尤其在中國發展的現階段，爭論的點都是如何去創新。

聽衆席上的學者和企業家們

你父親一定是圖書管理員吧

晚上十二點以後，來亞布力參加企業家年會的IT菁英們要聚會，談一談網路發展的事。參加的人有IT行業的田溯寧、馬雲、李彥宏、吳鷹等七八個人，還有一些非IT行業的，比如田源和我等四五個人。談的主題是Internet在中國的發展方向。張樹新主持會議，這次會議被稱為是非正式的正式論壇：形式是非正式的，談的內容是很正式的。

在開會之前，吳鷹給我們演示了他的IPTV。它可以在電視上把節目快速進退，可以看前幾天過了期的電視節目。他認為隨著網路在中國的發展，像PC在中國只有四千多萬台，而電視機有三．八億台，電視比PC覆蓋面更廣，發展的方向應該是從單一的PC使用網路，一直發展到手機，到每家每戶的電視機。

開始討論時，大家談到了網路行業該如何處理好和政府的關係，和傳統行業的關係，和資本市場的關係，等等。馬雲給大家介紹了阿里巴巴、淘寶網、雅虎中國的情況。還有許多人在淘寶網上做小生意成功的案例。田源說了他在春節住院期間，他的主治大夫白天上班，晚上在淘寶網上做翡翠生意的事情。大家現身說法，對網路發展的前景很看好，也很振奮。

網路開始扎根於中國這塊土地上了，網路給我們房地產行業帶來的影響就是：透明度提高了，所有的事情都公開了，腐敗的、見不得人的事情少多了。比如在過去，一個城市裏面眞實的地價是高度機密的，不是一般人能知道的，市場中的客戶和商人只能夠推測、打聽，就是這樣，也不能全面瞭解眞實的情況，更多的人在這個市場中就像瞎子一樣，憑著感覺去決策。

記得九〇年代初我說過一段話：「現在做房地產，不要用自己的眼睛，也不要用自己的耳朵，要用自己的鼻子去聞。」這是因爲你看到的消息、你聽到的消息中有大量的水分。許多都是以訛傳訛，有些最初是眞實的東西，傳幾次也就失眞了，變成假的了。

阿里巴巴總裁馬雲

百度總裁李彥宏

UT 斯達康總裁吳鷹

今天的北京不光每一年交易土地的價格掛在網上，連政府土地交易了多大量，交易了什麼位置的土地都寫得明明白白，對任何人來說，只要他會上網，每個人取得資訊的權利都是平等的，因爲誰都可以去查詢，這將大大地提高這個市場的效率。而關於房子交易的資訊，中央政府從去年（二〇〇五）上半年開始就反覆地下發文件，要公布給大眾，這就可以避免許多購屋人上房地產開發商當的可能性。從我的這些親身體會來看，網路在中國各行各業的應用，將會成爲我們這個社會建立誠信的最重要的工具。

網路下一步的發展方向是什麼呢？網路企業與政府傳統企業內容提供商、電信行業應該很好地合作。田溯寧就用了「數字生態系統」這個詞來說明這種合作，這個例子很好地說明了各個行業都要相互依賴才能夠很好的生存。

溯寧是學環保的，他以森林爲例，說在森林中，如果發生了一次大的火災，森林被燒毀了，但土壤裏還會留存各種植物的種子。火災過去之後，首先是最容易生長的草本植物生長起來。經過若干年後，土壤的結構、營養適合於灌木成長了，灌木又成長起來了。灌木成長的過程中會在土壤裏分泌出一種酸性的物質，這種酸性物質很適合樺樹這樣喬木的生長，樺樹又生長起來了。在樺樹的庇蔭下，比較喜陰的松樹又成長起來了。等到松樹長大了，占取了樺樹生長所需要的陽光，樺樹就會被淘汰掉，成爲松樹的營養。松樹成林之後，松樹下面就沒有陽光了，只適合蕨類植物的生長，所以就有了松樹與蕨類植物共生的天地。又過許多年，又是一場大火，新的一輪周期又開始了。

航海技術的出現讓葡萄牙在世界上有二百年的領先地位；而蒸汽機的出現帶動了工

中國網通副總裁田溯寧

亞布力論壇的主題是創新、 發展、和諧

業革命，又讓英國領先世界幾百年。今天，美國創造和研製的Internet將會使全球受惠，中國又將在這個數字生態系統中扮演什麼樣的角色，得到什麼樣的好處呢？最重要的是需要各個行業的協調和團結，才能夠建立起來今天的數字生態系統，達成一個共贏的局面。一些適合網路時代的行業和人才就會在這個數字生態系統中發展下去，一些不適合網路的行業和人就會被淘汰。

記得有一部美國電影中有這樣一個情節，一個小伙子和機器人對罵，機器人說：「你父親一定是圖書管理員吧?!」一句話就道出了像圖書館這樣的行業的確在資訊時代面臨著被淘汰的危險。

在訊息量劇烈增加，搜索工具快速、敏捷、智慧的時代，我們可以設想一下：今後還會有廣告嗎？明天還會有廣告業嗎？

電源插座

要去歐洲了，不知道什麼樣的電源插頭才能用，就讓秘書在市場上買了好幾種類型的。到了歐洲才發現，這幾個類型的都不對，離開了電，才感到電源的重要。刮鬍刀沒有電了，鬍子不能刮；手機電池電用完了，電話不能打；電腦沒有電了，電子郵件不能收發，也不能上網。從斯洛伐克、匈牙利、克羅埃西亞、斯洛伐克到羅馬尼亞，訪問日程安排得很滿，我有空就往商店跑，去買電源插頭。這些國家的商店也就是中國八〇年代初的水平，除了他們自己國家的插頭，根本沒有其他任何類似的插頭。

一路上因爲這個插頭又狼狽、又浪費時間。眞想用刀子撬開插座，當一回電工，但人生地不熟，語言又不通，別惹出麻煩來，忍一忍就算了吧。

回到北京，又去買了一些類型的插頭。接著出差到法國和義大利。在法國時，飯店裏上網的速度僅有二十八K，用慣了現代城寬頻，再用這種慢速窄帶，就如同開慣汽車的人，再回去趕老牛車一樣的不可忍受。好容易上了Panshiyi.com的BBS，給我的朋友發了一條抱怨法國飯店的帖子。到了義大利，一看插座，又犯傻了，這種類型的插座我從來沒有見過。別說用電腦上網了，連電源都接不上。

好在義大利風景好、建築好，吃的、喝的更好，盡情地玩了幾天。不知道中國發生了什麼，也不知道世界上發生了什麼，連每年最愛看的總理答記者問也沒有看到。

標準化如此重要，就是因爲電壓不同、插座類型不同，不知浪費了多少時間、耽誤了多少事情。此事雖小，聯合國、WTO也該過問一下，北約也別老想著打仗，應該把統一插座類型列到議事日程上來。

去坎城參加MIPIM會議，因爲參加會議的人太多，世界上大的房地產商基本全到了，一萬多人，把這個小城市給擠爆了，飯店、餐館、咖啡廳全是人，我們被擠出坎城住在尼斯。法國藍色海岸計程車貴得驚人，因爲勞動力成本太貴。我自己就是一個好勞力，乾脆租一輛車自己開吧。夫人去租了一輛最先進的賓士，功能太多，螢幕也太多，既可自動，也可手動，一個按鈕就搞定了。上了高速，汽車就發出怪叫，車後一位同行的人講好像是在二檔上，開了一百哩的速度。仔細一看，眞是按到了手動二檔的位置。在法國，既不懂路，又不會法語，也沒有國際駕照，口袋裏的一本中國駕照在封面上連一個英語字母都沒有。從蒙地卡羅到坎城時，我只知道MIPIM大會在海岸線上，可沿著海岸線走還是常常迷路，一個路口最多時轉了四次。語言也如同插座一樣，類型不對，乾著急。同樣既耽誤事情，又浪費時間。下了多少次決心要學英語，剛剛入門，又冒出來法語、義大利語，一個小國家一門語言，語言這東西可不像去街上買一個插頭那樣簡單。國際化，全球化，最大的障礙看來是語言了。

現在大家都說國際化、全球化，似乎這也是我們民族發展的唯一選擇，「改革開放」、「走出去」不僅僅是一個口號，也成了生存和發展的必經之路。與國際接軌，同樣面臨一個插頭和插座匹配的問題。

義大利的古老建築眞美。我把在義大利拍的照片放在了 Panshiyi.com 上，一位網友給我回帖子說：「看了這些建築，想想北京，我眞想哭！」

記得九〇年代初，我去西安，這是一座古老的城市。有許多外國遊客對這個城市很喜歡，經常呼籲西安市政府保護這些古老建築。我見到一位市政府幹部，非常氣憤地跟我說：「這是帝國主義想破壞社會主義建設，想讓這些古人留下來的東西擋住我們的發展，讓我們的社會主義國家現代化慢一點，千萬不能上帝國主義的當。」現在看來，當時呼籲保護古老建築的這些「帝國主義」也沒有錯，並非有意給我們設圈套，讓我們上當。只是在思考問題角度上也存在「插頭」和「插座」不匹配罷了。

到了法國，尤其是藍色海岸這一帶，與我們國家無論從氣候，還是財富，都有明顯差異。初到藍色海岸的人，這種差異上的感覺更強烈。在我們同行的人的語言中，常常出現「腐朽的資本主義」這個詞，如腐朽的資本主義飯店、腐朽的資本主義的樹、腐朽的資本主義海灘、腐朽的資本主義汽車等等。這些意識形態的定語，也會影響我們與國際接軌，樹木、花草、沙灘沒有主義之分。如果這樣，插頭會永遠接不上國際化的插座。小時候，在報紙上看到表揚好人好事時，常常說當時在腦海裏出現《毛主席語錄》。此時，我腦海裏出現的是《鄧小平文選》中關於姓資姓社的論述，但原話記不清了。

在義大利燒烤

MIPIM會上我最感興趣的地方，一是亞洲，二是柏林。柏林是因爲占大會的位置大，由市長帶隊，展台既有香檳，還有美女教你如何賭博。而亞洲是一個最被看好的房地產市場。有兩個論壇與亞洲有關，但論壇上看到的面孔，卻全是歐美人。唯一的一位亞洲面孔，就是我們合作夥伴新加坡政府投資公司地產總裁Seek先生。但他也是一位香蕉人，外黃裏白。只會講英文，不會講中文。另一位來自英國的地產投資執行董事講，公司派他去亞洲尋找投資機會，他找了四年沒有找到好的合作夥伴，而在澳大利亞找了一個小專案。在中國找不到插座，就把插頭給插到澳洲去了，那不就是一百年前他們流放犯人的地方嗎？

看到他們在中國找插座如此困難，我眞想振臂一呼：「插座就在這裏！」但會議從頭到尾，只有英、法、德、日語作同步口譯，沒有中國人的聲音。我要是上台大喊一聲，大會一定覺得准是來了一個瘋子，我就沒有膽量喊出來。等回到中國，跟「插座」與我一樣的中國人說吧。

在MIPIM，幾乎所有會議上的人，都對我說「Japanese」（日本人）？我說：「No,Chinese.」（不，中國人）。

眞想過幾年，再開MIPIM會議時，人們對日本人講「Chinese」（中國人）？讓日本人說：「No,Japanese.」（不，日本人）。

52

世界是圓的還是扁平的

五百年前，哥倫布帶著三艘船，一百多人，從歐洲大陸出發，向西航行，目的是去找到印度，找那裏的寶石、絲綢和香料。但哥倫布沒有找到印度。一四九二年十月十二日，他發現了美洲大陸，回去他告訴西班牙女王伊莎貝拉說世界是圓的。五百年後，有一位美國人叫湯馬斯・佛里曼（Thomas L.Friedman），他也是向西走，到了印度的矽谷，見到了印度最大的軟體公司 Infosys 的CEO Nandan Nilekani，這位CEO告訴他，今天的世界是扁平的。爲此，Thomas 寫了一本書，書的題目就是《世界是平的》（*The World is Flat*），這本書已經成爲了世界上最暢銷的書。

網路的出現確實把這個世界變小、變扁平的速度大大地加快了，這就是全球一體化。

從五百年前的哥倫布開始到十九世紀末，在全球一體化的過程中，主要的角色是「國家」，國家在往外走。他們以傳播宗教、傳播文明爲他們的指導思想，比的是誰的槍更厲害，誰的船可以行得更遠，這就是當時的殖民主義運動。

十九世紀末以來到二十世紀結束，扮演全球一體化的主角是跨國公司，雖然有兩次世界大戰和一次全球性的經濟大危機，對這種全球化的進程有了一些影響，但並沒有從根本上阻止跨國公司在全球的發展。

從二十一世紀開始，個人又成爲了全球化的主角。個人開始走向世界的每個地方，並扮演著各個角色。出現了「超級個人」挑戰「超級大國」的世界。個人在不斷地挑戰著權威，再讓世界變得更小、更扁平。

賓．拉登可以挑戰超級大國的美國；在中國也出現了胡戈的《饅頭》，可以挑戰傳統權威製造出來的《無極》；而平民的代表李宇春可以挑戰有高度權威的大的電視台。今天的網路大大地加快了全球一體化的進程，今天一天的變化可能要相當於五百年前幾年、甚至幾十年的變化。到了今天全球一體化的時代，這個時代的特徵是什麼？當然是更多的合作，更多的競爭，更多的機會。

作者佛里曼在達沃斯論壇上

《世界是平的》書影

頂立

成為「蓋房子」的人

53

照鏡子

一九九九年八月二十日，就是「現代城」六號樓要抽籤認購的前一天下午，現代城的四位銷售副總監與鄧智仁先生領導的中國第一商城簽訂了合約，分別用一次性十八萬元（約七十多萬台幣）至二十五萬元不等的補償被挖跑了。合約規定：如果不去中國第一商城，將處以十八萬元至二十五萬元兩倍的數額處罰。並要求帶部下的銷售人員一起「起義」。

我剛從珠穆朗瑪峰營地下來，經歷了人生從未有過的缺氧引起的頭痛，痛到了抱頭，學豬一樣哼哼的地步。沒有隔幾天，在海拔不足一百公尺的北京，又來一次頭痛。我們得知此事，徹夜未眠，組織全公司部門經理以上的員工與「起義銷售隊伍」談話。金錢的誘惑力還是有力的，也是巨大的。其中一位銷售副總監說：「先拿到這筆錢，寧可幾個月後回家抱孩子。」談話以我們失敗結束。

勝利的他們據說是吃魚翅、喝酒慶祝去了。失敗的我們十幾個也聚在一起，買了一些「肯德基」，但大家都說心裏面堵得慌，吃不下去。

不斷有電話告訴我不好的消息：「起義」的銷售人員如何在客戶面前講現代城的壞話了；勝利者如何得意忘形，他們還要挖更多的人，出更高的價；我們的隊伍一時不知所措，常來電話請示。

我逃到了山裏，躲開了這些電磁波對我的干擾。

現代城那時比較引人注目，設計、施工、銷售都比較好，設計獲北京建築設計一等獎；施工與周圍專案相比，它明顯長得快、長得健康；銷售近千套，也在京城房地產界遙遙領先。現代城採用過的材料和設備身價也不斷上漲，用北京萬科老總林少洲的話講：「現代城爲北京房地產市場建立了一個材料和設備的平台。現代城的員工身價也在上升，一個二十歲出頭的銷售人員挖成功後，一次性補償費就是十八萬元到二十五萬元。」

現代城取得這樣的成績是我個人才能、個人成績嗎？不是。

主要是我們充分運用了市場的法則。從設計、裝修、施工、監理到銷售；從每一塊瓷磚、每一塊玻璃到物業管理、銀行貸款、廣告創意，都是採用多家競爭，優勝劣汰的法則。當然，也離不開人，離不開幾千名工人的辛勤勞動，也離不開現代城的管理人員、銷售人員，他們爲現代城今天的成功做出了巨大的努力和貢獻。包括離開現代城，被鄧智仁先生用高薪挖走的銷售人員。

在我們現代城某些銷售人員被別人挖走的沮喪中，我也悟出了一個道理：只要我們走市場化的道路，就能成功，就能把事情辦好。據說有個別銷售人員離開現代城後，大力批判這無情的制度，有點像我們當年批判萬惡的資本主義一樣。經過多年實踐，我們終於走出了一條市場經濟道路，讓我們吃飽了、穿好了，有人還是對這條路不滿，「端起碗來吃肉，放下筷子罵娘。」但到了今天，沒有退路了，也退不回去了，我們也只能順著這條路走下去，罵現代城採用市場競爭制度的朋友應該想一想，你一年前進入現代城還是一個剛邁入社會、尋找就業機會的年輕人，一年後的今天通過現代城的這種制度和各種培訓，你們提高了，已是一名別人願意一次性補償十八萬元至二十五萬元的專業人士，我們大家都應該感謝這個制度。這樣的制度，讓我們變勤快了，效率提高了，成本降低了，房子質量更好了。任何一個制度都不是十全十美的，讓我們一起去改進它，完善它。你們的離開使我們痛苦、受到損失之後，我們也會不斷完善制度。但制度的核心競爭、優勝劣汰的原則不能變。

小時候，總愛看打仗的電影，如《地道戰》、《地雷戰》、《南征北戰》等，電影中的許多情節至今還記憶猶新。我曾想可能是小時候再沒有別的電影，只有打仗的片子可以看。我問了一些在美國生活的朋友，他們告訴我，美國有許多電影、電視，小孩還是愛看打仗的片子。看來人的天性是相通的，好鬥。「文化大革命」把人好鬥的天性發揮到了極限。多少年來，就是人性中這一弱點給同類帶來了巨大的災難，我們每人或多或少都受到些傷害。

五年前，我陷入了一場爭鬥，越陷越深。每天從早到晚都處在戰鬥的狀態。雙方都爲一點小小伎倆得逞而歡欣鼓舞，把人性最惡劣的東西，全都調動起來了。我方從被動

SOHO 現代城
建外 SOHO（下）

地位漸漸轉向了主動、有利地位，很快就要大獲全勝了。有一天，我穿鞋上班，忽然在穿衣鏡裏看到了我「小人得志」的樣子，內心按捺不住的興奮，從臉上全表現出來了。我忙用雙手托住我的臉腮，讓這張興奮得緊張起來的臉鬆弛下來，讓我的心平靜下來。一連許多天，我都是偷偷照完鏡子後，帶著一張平靜的臉和一顆平靜的心再去工作。

多少年過去了，但我一直不能忘記這件小事，非常感謝那面鏡子。

現代城的銷售人員被挖走後，據說，有人欣喜若狂，高呼：「打敗了潘石屹！」「我們勝利了！」「在潘石屹徹夜未眠時我睡得很香，他哪是我的對手！」階級鬥爭爲我們社會和民族帶來過巨大災難，也是所有正直的人討厭的一種生活方式。作爲一個專業的房地產開發商，我們應該把精力放在如何建好房子，如何培養專業隊伍，如何創造企業效益，如何爲社會做出貢獻、給社會帶來一些好的建築上。如果用階級鬥爭方式來運作房地產，這幾百萬元的「挖人費」不是銀行的呆賬，也就是企業的虧損。

我們衷心地希望中國第一商城在鄧智仁先生的領導下能成功，能健康地發展。如果不成功，重蹈玫瑰園破產的覆轍，對社會、對北京的房地產又是一次巨大的災難，不知又會有多少投資者、購屋者血本無歸。

現代城的全體員工應該牢記：無論何時何地，是成功還是受到挑釁，都不要忘記做人的準則，也不要忘記自己肩負的責任和使命，更不要忘記上千名客戶對我們的信任和希望。

54

看起來像「處女賣淫案」

「房地產是不是暴利行業」是最近幾個月社會上爭論的焦點，耗費了大家的許多精力、口舌和媒體的紙張。爲什麼會起如此大的爭論？公說公有理，婆說婆有理，卻遲遲沒有爭出一個結果。我想這場爭論沒有結果的最重要癥結是，大家都是從自己看到的、瞭解到的比較片面的資訊去看待這個事情。的確，作爲一個個人和一般的機構很難準確地對房地產進行全面的瞭解，更不要說去判斷房地產行業到底有沒有暴利，它的利潤又是多少？所以我想，出現這種爭論的根本原因是大家都太堅持自己的觀點，而沒有看到一些基本的、更加全面的資料。

我曾在我的部落格上寫了一篇文章，談到有些媒體報導房地產的利潤有五十%、九十%，這是沒有根據的，經過我的計算和所有上市公司房地產行業的年報來看，房地產利潤不會超過二十六%。但在前幾天又看到一則消息，說我和王石爲「房地產有沒有暴利」正在激辯。

我有幾個月時間沒有見到王石了，對他近來的消息，我和大家一樣也都是從網路和

長城腳下的公社：飛機場

平面媒體上得到的，知道他最近不是在登山就是在下海。但媒體關於我和王石激辯「房地產有無暴利」的新聞一出來就鋪天蓋地的，把我這個所謂的新聞中的當事人給搞糊塗了。在新聞裏王石勇敢地承認房地產行業是暴利行業，而我卻認爲不是。而且我看到文章裏關於我的話、我的觀點大部分都是出自我部落格上的那篇文章。

「房地產是不是暴利？」激起了大家許多複雜的情緒，有人說是暴利，而且這暴利還很高，說要實施價格管制；也有人說不是暴利，甚至是全行業虧損。我想我們判斷房地產是不是暴利的依據只有一個基礎，就是國家統計局的統計年報和這次全國經濟普查的數字，否則就無從談起。

我記得有位經濟學家列舉了一大堆統計數字說：房地產行業是暴利行業，而且有根有據。我問他：你這數字是從哪來的？他說是自己調查來的。我說我們討論一個問題，只有回到一個基本點上，就是回到國家統計年報，回到全國經濟普查的統計數字上，否則，我們的任何討論都會變成吵架。而你作爲一個經濟學家，憑藉你個人也沒有這麼大的能力和財力去把全國房地產盈利的狀況搞清楚。個人或某個機構如果脫離了全國這個龐大的統計系統，只能像瞎子摸象一樣，一定不會有一個準確、全面的判斷。

其實全國經濟普查的公告在去年年底就公布了，在第三號公告上明確地指出二〇〇四年末房地產開發經營企業共五萬九千個，就業人員一百五十八萬五千人，營業收入一萬三千三百一十五億元，利潤總額一千零三十五・二億元，那麼全國房地產開發行業的利潤率就是七・七七％。這就是房地產行業的現狀，與之前媒體報導的九十％、五十％差距是非常大的。

當然，有人看到這樣的資料後會說：數字是這樣，但最起碼從形象上看像是個暴利行業。我想這就更沒有道理了，「形象上像暴利行業」──換句話說就是看起來像暴利行業。這種看起來像跟事實可是有很大差距的，也就因爲相信這種憑空臆測的「看起來像」，我們可能犯過很多的錯誤。

我記得前幾年有一個轟動全國的案件，就是「處女賣淫案」。這個姑娘據說因爲賣淫罪已經被司法機關拘留起來了，並且要被當作妓女去處理，但最後體檢發現這姑娘還是個處女，鬧了天大的笑話。這就是「看起來像」所犯的錯誤。

我們討論房地產是不是暴利行業一定要客觀，我們討論問題的基礎是國家統計局的年報，和全國經濟普查的資料。否則我們就會犯類似「處女賣淫案」的錯誤，犯「看起來像」的錯誤。

六千萬元的「撞單事件」

已到了十一月二十七日，但北京天氣一點也不冷，往年這時候，天都下雪了。看網路上有消息說北京的桃樹上長出了新的花蕾，如果天氣再暖和些日子，說不定桃花就又開了。週末有三家朋友，和我們一起浩浩蕩蕩地進了山，住在我們的「山語間」。爲了清靜，我的手機一直沒有開。

到了星期天下午，公司的一名銷售總監馬錦把電話打到我家，說他們銷售組有一位投資六千多萬元（約台幣二億多）的客戶，要簽SOHO尙都西塔的兩層樓，但公司不讓簽，希望得到我的支援。我只知道公司分管銷售的副總蘇鑫說，有位大客戶約我星期五中午見面，由於他在香港有業務耽誤了，見面時間推遲到了下周二。緊接著溫鋒（我們公司的另一名銷售總監）又打電話給我，說她的銷售組也有一位客戶要買這兩層樓，與馬錦的客戶要的是同樣兩層，她這位客戶前兩周剛剛購買了我們建外SOHO六千多萬的房子，這次SOHO尙都這兩層已經付了百分之十的頭期款，他正在香港出差，聽說有人要簽他想買的房子，立刻改簽了飛到北京的機票，明天中午十一點就能趕到。我一聽明白了，又是「撞單」——兩個客戶看上了同樣的房子，而且都志在必得。

馬錦曾是我們公司的銷售副總監，銷售業績很好，同時又在一九九八年現代城「挖人事件」中表現出堅定態度，公司決定提升他爲銷售總監，他把手下所有的人馬就全傳給了當時他手下的副總監溫鋒，六七年時間過去了，他們一直和平相處。去年溫鋒的銷售業績也很好，於是公司決定把溫鋒也提升成總監，與馬錦平起平坐了。最近，他們接連發生了幾起「撞單」的事，兩人的心情都不好，影響到了團結。馬錦組與溫鋒組這幾年的銷售人員原來是同一大組的一撥人，客戶就都出自同一源頭，容易撞單也能理解。就像一棵樹的兩個枝一樣，葉子互撞的可能性，比與別的樹互撞的可能性要大。

團結是我們公司最重要的事，以前公司的其他部門也時有發生不團結、不協調的事，爲此公司還專門決定給大家進行了美德教育，進行「磋商」培訓，加強同事之間的團結。這次「撞單」，是「磋商」培訓後發生的第一起，我擔心大家能不能處理好，就讓蘇鑫去處理，我說，我就不出面了。但蘇鑫一再希望我出面，說馬錦的這位客戶已經等了一天了，爲了能簽下這套房子，中午與銷售人員一起吃的便當。我去山裏忘了帶刮鬍刀，三天沒有刮鬍刀，穿著一件穿了近十年的破棉襖，還挺擔心影響公司形象，但也只好這樣去見客戶了。

蘇鑫把我和客戶的見面地點約在朝外 SOHO，只有幾位當事人——兩位總監和兩位副總監參加。我趕到後，每個人平靜地給我講完了事情的經過。原來馬錦的客戶一早來到現場，其實剛剛決定買下這兩個樓層不到十二小時，一聽說也有其他客戶要買，當場

刷卡六百萬，交了十％首付，並一直守在現場等待公司裁決。而溫鋒的客戶人在香港，不能馬上簽約，要明天才能趕回來。公司在銷售中有過規定，簽約要符合兩個條件：一是交十％首付，二是客戶要到現場簽約。當時現場雖然非常平靜，但我完全能感覺到氣氛的緊張，我問蘇鑫的意見，蘇鑫說，這一單應該讓馬錦的客戶簽。我說，同意蘇鑫的意見。

事情告一段落了。但是該如何安撫沒有簽到房子，明天又要從香港趕來的客戶呢？溫鋒建議我與客戶見面解釋。我說，行，明天中午十二點在東方廣場的「長安一號」餐廳，我請客戶吃飯。大家情緒都很平靜，並沒有發生我擔心的劍拔弩張的場面——這畢竟是一單六千萬元的大單啊。我想，這可能與公司最近組織的美德教育「磋商」培訓有關，不然一個銷售員面對馬上屬於自己的幾十萬元佣金被撞飛了，情緒能這樣平靜嗎？

做水一樣的企業

今天，無論對一個人，還是對一個企業，它的核心競爭力一定是創造力。個人創造力會得到社會認可，企業的創造力更會得到社會的認可，只是這樣的認可方式更直接，不僅僅是讚賞、掌聲的肯定，是客戶掏出自己的錢來購買有創造力公司的產品，用支票、現金爲企業的創造力投票。

束縛創造力的是什麼？是我們頭腦中條條框框的東西，是過時的理論、宗教、標準、習慣和知識。它們會像繩索一樣捆住了人的創造力。沒有力量和勇氣去衝破這樣束縛的人就會變得平庸，沒有活力。企業也一樣，失去活力就會僵死，就會被市場淘汰。

當一個設計師在設計時，他如果首先想到的是規範、業主的臉色，他是設計不出來好作品的，因爲他沒有在一個創作的狀態。

一個人講話時，如果總是想著別人怎麼評價他，有沒有人聽了講話後會罵他。他是講不出有思想的話的，一定是空洞的、言之無物的套話、空話。

一個企業總是不敢往前邁一步，老是跟在別的企業屁股後面跑，一定會落到打價格戰的低層次去競爭。最終也會被淘汰掉。

創造需要一種狀態，是清空、放鬆、天馬行空的狀態。有人反覆強調周圍環境，其實環境並不重要，重要的是自己能不能戰勝自己，自身最重要。

工業文明的基石是專業化、分工、規範、標準，這些都曾爲社會進步出過力，起過推動的作用。但在今天資訊時代這些都過時了，成爲創造力的阻礙。在今天工業文明處處污染的天空，有一股清風就是「禪」，它反對任何形式，提倡自然、實證，也是現代人尋找到的醫治工業病的良藥。但當「禪」變爲時尚標籤，房子裝修的風格，茶館、餐館、卡拉OK都用來做推廣標誌時，當人們把商人分爲紅頂商人、儒商、禪商時，禪也成爲一種空洞的符號，一個失去靈魂的空殼，不是啓迪人的創造力，而是成爲創造力的敵人。

形而上的思想要打破禁錮，形而下的產品也要打破工業化的條條框框。

可以設想一下，如果沒有打破照相機、電話、電腦、遊戲機的行業限制，就不可能有今天集電腦、照相機、電話、遊戲機於一身的手機。

假如我們不能打破衛星、電視、有線電話、光纖的行業限制，我們將會付出更多成本和時間去重複投入。

幾年來，在房地產界，我寫了不少東西，說了不少話，有許多成了沒用的話，甚至廢話、錯話。惟有「SOHO」這種強調建築功能融合的產品沒有錯，經過了同行鋪天蓋地的批判，今天再想一想，還沒有錯。SOHO給我們帶來了可觀利潤，給客戶帶來了很高的租金回報，給使用它的人帶來了極大方便和效率。SOHO就是打破了一些舊東西。今天，我看到很多SOHO。儘管有些開發商不叫這個名字，但精神是相通的，SOHO越來越有活力和生命力了。

人如果端著架子自己就不會舒服，別人看著也不舒服。企業端著架子照樣不舒服。電影《大腕》中，英達（男演員）辦的公司就是端著架子的典型，見廣告客戶，有必要擺出一副和國家元首見面的派頭嗎？人和企業的風格，不光表現在他的外表和作派上，同時也表現在他們的作品、管理和經營理念上。

一個好企業，不應該是固態的，應該是液態的。無論市場是什麼形狀的，企業的產品和服務都可以像水流進杯子、流進茶壺一樣，將它充滿，對杯子和茶壺又沒有任何傷害和改變。

一個不好企業，總是在埋怨，埋怨客戶素質低，埋怨市場環境不好，有點像便秘的人埋怨地球吸引力一樣。這樣企業是很難活下去的。

有些國外建築師到中國，總是埋怨中國建築工人的素質不高，中國建築工人一百%是農民，這就是現實。日本有位叫隈研吾的建築師，沒有聽到他一聲埋怨，從設計上把房子全用竹子包起來，看不出活幹得細不細。他的建築建設的速度最快，是我們最早邀請美國和歐洲建築評論家來參觀的房子。用中國農民雙手建造的房子也獲得國際大獎——威尼斯雙年展建築藝術獎。

越是端著架子的企業的組織架構圖越複雜，層次越多。這樣的公司效率就很低，推

隈研吾

承孝相

拖的事情也隨著金字塔的層數呈幾何級數增加。這樣的公司是爲社會創造不出價值的，所有創造力和價值，將被這座複雜機器耗盡。

人總是喜歡在大自然面前逞能，我們這些蓋房子的開發商尤其如此，喜歡把房子蓋得越高越好，最終大自然一定會讓這些房子都塌下來的，只是時間早晚而已，只是人自己拆除還是自然倒塌而已。就像船總要沉入海底，人總要死一樣。大自然會讓鐵生鏽，我們就刷油、刷漆，甚至做成不鏽鋼。大自然會讓木頭腐朽，我們就不斷給它各種保護，與大自然抗衡，和大自然較勁。人們甚至改變動物和植物的基因，傷害大自然的神經。最終大自然總是給予等量的懲罰，也只是時間早晚而已。

韓國有位喜歡老子的建築師叫承孝相，給我們設計了一個俱樂部，外牆用熟鐵，讓鐵不斷生鏽，變化不同顏色，也是一種美，一種與大自然和諧相處而不是對抗的美。

57 SOHO之後是什麼？

去年春天，「聯想」集團剛剛成功的收購了IBM的PC部分，楊元慶與吳一兵兩家都要搬到紐約去住了。他們兩家在紐約找房子的時候，我們一家也正好在紐約。一天晚上，吳一兵夫婦請我和張欣一起在SOHO區吃晚飯。我們到達約定地點SOHO區的時間還早，張欣說到「蘋果電腦」商店去看一看。我們進了這個商店後，發現這間蘋果電腦商店面積很大，以前一定是一家工廠。商店一共有兩層，在一樓的右邊有一收銀處，很多人在排隊，收銀員也很多，看上去生意很熱鬧。一樓除了收銀一角外，其他全部是展示和體驗的區域，「蘋果」的各種產品都有，人們可以任意操作、體驗。通過寬闊的扶梯走到二樓，正面是一個開放式教室，很現代化，有人在利用投影講解，坐下來聽課的人也不少。我轉了一會兒，買了一個「蘋果」的電源插頭，到了一樓收銀處結了賬，完整地完成了一次在紐約「蘋果」店購物的親身體驗。

離這座「蘋果」商店不遠，就是PRADA著名的旗艦店，是世界著名建築設計師庫哈斯設計的，他也設計了北京的新CCTV大廈。庫哈斯還曾爲此店的設計專門出了一

本書。問起去過紐約的許多人，他們都說去過這個店。這個店也只有兩層，當年是一家電機廠，地下一層和地上一層是PRADA的店，地上二層是一家前衛藝術畫廊。當年PRADA的老闆請庫哈斯設計時，庫哈斯說，你們的衣服這麼的貴，和藝術品的價格差不多，人們來你們商店看衣服，和在博物館欣賞藝術品的心情差不了多少，只是最後，要付出比博物館更多的門票錢，買走你們的一兩件衣服。如果再按傳統的商店形式去設計，顯然是落後了。

大約在七年前，我們學習和借鑒了一些發達國家的經驗，在朋友們的啓發下，我們提出了SOHO的概念。七年的實踐證明，這個概念是正確的，在資訊技術高度發達的今天，SOHO提高了每一平方米房子的使用效率，讓人們工作起來更方便。這些優點得到了市場的充分認可，給我們公司和客戶帶來了比較高的回報。這不是什麼大的發明創造。想想歷史上真正有劃時代意義的發明創造的沒有幾個人，瓦特發明了蒸汽機，算是一個，他的發明帶來了一場工業革命；愛迪生發明了電燈，給人類帶來了光明；馮・諾伊曼（John Von Neumann）發明了今天我們使用的電腦，又給人類社會帶來

庫哈斯

一場資訊革命，今天，我們所有用的電子電腦，都是「馮・諾伊曼」的電子電腦。但馮・諾伊曼的知名度遠比不上使用他技術的比爾・蓋茲。SOHO只是順應了網路時代、資訊時代的大趨勢，建設的一種新的建築產品。

SOHO之後是什麼？這是幾年來，我們一直在思考的問題。在規劃和設計朝外SOHO時，我們曾給設計師提出，要考慮商場、辦公、展覽的融合，我們想這可能是未來的方向。「蘋果」和「PRADA」的商店就是很好的例子，也是成功的典範。只是紐約已經過了大規模城市建設的年代，這些有創意的，符合時代特點的建築空間，只能在過去工廠廠房和倉庫中去修修改改。而中國北京正趕上大規模城市建設的時代，我們有可能建設出最符合這個時代要求的建築空間和城市形態。

這個時代就是資訊時代。

58

六個萬通人十年再聚首

一九九五年的四月份，萬通集團的六個合夥人發生了一次裂變，這次裂變像宇宙大爆炸一樣，越變越小，最後終於裂成了碎片，變成了一個個獨立的整體。這一個個的獨立體又不斷地再裂變，裂變最後的結果就有了從萬通分離出來的三十多個做房地產的董事長和總經理，「萬通」也被稱爲是房地產界的「黃埔軍校」。

十年之後的今天，馮侖邀請這六個「萬通」的創始人再一次聚會，地點選在了長安街旁君悅酒店長安一號餐廳。

在這十年中，我們有的人一次都沒有見過面，不能想像他們變成了什麼樣子。但見面後大家感覺都很親切，而且大家都很健康，沒有想像中臃腫的體型，穿得也都很乾淨、體面，沒有了我們當年在一起尚未成家時的那種對一切都滿不在乎、不修邊幅的生活方式和感覺。

在這種環境和氛圍下，馮侖又回到了原來的領袖地位，總是關照著每一個人的話題、每一個人的心情，讓每一個人在這次難得的聚會中都能夠心情舒暢。大家一邊懷舊，一邊展望著未來，也總想聽聽馮侖對未來宏觀趨勢的高見。

馮侖首先說了，中國未來發展很可能是走新加坡模式：在政治上，是民主法制下的長期一黨執政；在經濟方面，是國有企業主導的自由市場經濟；在文化方面，是新儒家思想爲主體的思想多元化體制。他一說完，馬上遭到王功權、易小迪的反對，他們反駁說，中國與新加坡是根本不同的。這種氣氛讓我感覺像回到了九〇年代「萬通」開董事會的場景，各有各的觀點，各有各的意見，所有的觀點沒有一件是大家都一致同意的。

馮侖談到自己的工作和生活狀態，他用了四句話來總結：一是資本家的工作崗位，沒有辦法，不小心成了資本家，只能在這個崗位上工作。二是流氓無產階級的生活方式，西裝革履，正襟危坐，像老派資本家那樣的生活對他來說是種受罪，他還是比較喜歡那種隨意的、輕鬆的生活方式，他一總結就成了流氓無產階級的生活方式。三是無產階級的革命理想，不像老派資本家那樣把錢看得特別重。這點我與馮侖一起工作多年，深有體會。我想起了他長期穿著的那件紅西服，那件紅西服是我們在香港時一起買的，他穿了許多年。我問起那件紅西服，他說還在，就是破了，不穿了。四是自由文化人的精神嚮往。

長城腳下的公社

談完大事情，開始談微觀的，馮侖一般喜歡談宏觀的事情，說最近跟美國人做業務，見的律師比較多。他說見到的律師有三種。第一種是相當於做構架的律師，每小時要收八百美金，不做具體的事情，就是和你侃，搭架子，人脈關係很熟。第二種律師每小時收費四百美金，相當於建築師，各個專業的事情都要知道一點，才能把構架律師的完美想法去完成。第三種律師每小時兩百元美金，是做具體文字工作的，文字非常嚴謹。我們都一致認爲，馮侖現在已經成了法學博士，最適合做的是構架律師，下面兩種律師他都不擅長。所以談到具體的業務，馮侖都是按構架律師的思想去談的。

他最欣賞兩句名言，其一是「心有多大，舞台就有多大」。這好像是中央電視台的廣告。另一句是「思想有多遠，你就能走多遠」。所以他在與美國人做一件驚天地的大生意。因爲商業上的原因，現在還不能對外公布，以免透露了馮侖的商業機密。

談到了律師，還談到了知名度，易小迪插話說最好的律師和最能治病的醫生一樣，是不顯山、不露水的。並說，中國古代名醫扁鵲，是能包治百病的醫生，當有人誇獎他時，扁鵲說：我不行，其實醫術水平最高的是我的父親。我們家人還沒有得病症狀的時候，父親就能發現蛛絲馬跡，及時地給我們調理好，所以他的醫術再高明，也顯現不出來。他的影響力和知名度只能在我們家族。而哥哥醫術水平要比父親差一些，他能夠發現小病並把小病治好，使其變成健康的人，所以他的影響力就要比父親大，是在整個鄉。而自己（扁鵲）把已經得了大病的人再治好，從本質的效果來看，遠沒有父親和哥哥的醫術好，因爲，並沒有及時地發現病人身體的不協調，或者病人還處在小病狀態時，就把病治好，病人已經經受了許多的痛苦，但自己卻名滿全國了。易小迪說，眞正的高手、律師並不是名氣大的，名氣有的時候和他的能力不一定成正比。

易小迪接著談了許多思想的重要性，說什麼東西都不重要，最重要的是思想，最寶貴的也是思想。王功權很不服氣地說：我在投資基金幹了這麼多年，有幾條原則，如果符合這幾條原則，符合這幾個結論的就投，不符合這個結論的就不投，像你這種閉著眼睛鬥法的做法，國外的投資者是不能接受的。易小迪反駁說：邏輯的思維是對的，但只能在一定範圍之內，超出這個範圍就不管用了。

大家天南地北地談，我在旁邊沒怎麼說話，但仔細想，好在是大家都分家了，要再合在一起開董事會的話，恐怕永遠形不成結論，不知道要耽誤多少事。

王功權接著說上海下一步發展會如何有前途。易小迪說：發展最有前途的地區是有思想、有創意的地區，沒思想、沒創意的城市只會淪爲一個加工的基地，「依正和，依奇勝」，一定要有想法才行。

談到很晚，大家也吵得精疲力竭了，易小迪給大家買了單，馮侖給每人送了一件禮物——BOSS的大衣，大家就各自回家，洗洗睡了。

59 我所認識的易小迪

認識易小迪是一九八九年九月的事，當時我們都在海南島。易小迪在海南省體改所工作，當時的體改所也快黃（結束）了。

我記得有一天，易小迪和體改所的一群人來我們公司檢查工作，時間已經快到中午了，他們看我沒有請他們吃飯的意思，就趕緊到另一家公司繼續「檢查工作」去了。後來，易小迪跟我說，他們在另一家公司終於蹭上了一頓飯。過了幾天，我又見到了易小迪，這是和他的第二次見面。他告訴我，海南省體改所徹底黃了，人也都散夥了。他現在在做印刷方面的小本生意，這次來是想看看我這裏有沒有什麼他可以做的業務。從那之後，我們倆就成了最好的朋友。

一九八九年末，我還留在海南島。那是一個很無聊的年代，內地人大部分都從海南島回到內地了，留下的人很少，商業機會就更少了。易小迪性格很隨和，所以在他身邊總是聚著好多的朋友。他的印刷廠裏總是朋友不斷，各種各樣的朋友都待在那裏。吃飯時，大家就在印刷廠門口，用磚頭支起一個鍋，煮一鍋米飯，大家邊吃邊聊，印刷廠成了那個無聊年代唯一「有聊」的地方。又過了一段時間，易小迪和幾個朋友成立了「海南省佛學研究會」。研究會的牌子就掛在五指山大廈對面——印刷廠的外牆上。他們給我封了一個頭銜是「海南省佛學研究會秘書長」，雖然我跟他們一樣的讀《佛經》，但我總是沒有悟性，每次和他們聊天，都覺得沒有長進，但是從此人的性格變平和了一些。

當時我還管著一個很不景氣的磚廠，在海口的秀英。在那一帶，經常有「爛仔」騷擾我們——海南島把當地的小流氓都叫「爛仔」。一次有一群「爛仔」攔住了我，不讓我過去，說這路是他們修的，讓我付錢才能過去。這群「爛仔」的頭兒是一個個子很小、曬得很黑的小伙子。據說他在當

長城腳下的公社：紅房子

地非常出名，當時他手裏還拿著一把砍柴的刀。我心裏知道，他們不敢砍我，所以我就沒有理會他們，一直往前走，後來，這群「爛仔」看我沒有理他們，罵了一頓也就走開了。走過去以後，我很鬱悶，找到易小迪把這件事告訴了他，易小迪對我說，以後「爛仔」要找你的麻煩，你千萬不要再找一群「爛仔」對付他們，要找派出所，找級別和境界比「爛仔」更高的。在易小迪的指點下，我去了秀英派出所，並認識一位姓符的民警，我告訴符民警說經常有「爛仔」騷擾我們，請他們給予幫助，之後符民警也成了我的朋友。

那時的海南島非常缺電，照明用的電都是自己的發電機發的。一天晚上，我正在燈下看書，突然電燈滅了，我想肯定是小偷把我們的小型發電機偷跑了。我們三五個人就一直追出一兩里地，直到小偷放下小型發電機自己跑了。我們抬回了發電機，接上後燈又亮了。

又一天晚上，我和這位姓符的民警在一起，一群小偷偷走了我們許多的塑膠布，我們知道後，就一直追，追了差不多十幾里路，終於抓住了一個小偷，符民警用手銬把小偷銬到窗戶的鐵欄杆上，銬了兩個多小時，後來我跟這位民警說：「放了他吧，要不他沒辦法上廁所了。」

我回到海口後，把這事又告訴了易小迪，這次易小迪沒有給我出什麼主意，只是淡淡地對我說：「我們一起唸唸佛經吧！」

想起來，在我困難的時候，我最先想到的總是易小迪，他不一定會給我多少物質上的幫助，但他的講話會給我力量，給我戰勝困難的力量。同樣，在他最困難的時候，首先想到的也是我。

記得一九九四年，陽光一百在南寧拆遷一個糖果廠，許多退了休的老職工對這個工廠很有感情，不滿意拆遷的情況，他們組織到一起，包圍了陽光一百的公司及商場。當時，易小迪打電話希望我去南寧幫助他，我馬上坐飛機趕到了南寧，發現易小迪居然趕到機場來接我，我對他說：「你忙得焦頭爛額，何必來接我呢？」我雖然趕到南寧，但也沒有幫上他任何的忙，只是那兩三天時間我一直和他在一起。通過談判，事態平息了，我勸他還是回到北京來開發房地產，他也同意了。

回到北京後，陽光一百做得很成功。同時，他在全國的十二個城市開發房地產也很成功。回想起來，從八〇年代開始，有多少商人起起伏伏，但陽光一百在易小迪的帶領下穩步地發展起來了，這有什麼秘訣嗎？我在前不久的《經濟觀察報》上看到易小迪引用的兩句古話：「勿以惡小而爲之，勿以善小而不爲。」我想，這可能就是他成功的秘訣吧。

易小迪雖然成了大老闆了，但他的生活卻非常簡樸。他出差非常多，但他坐飛機從來只坐經濟艙，不坐商務艙和頭等艙，他的心境一直是那樣的平靜。

一個人總會有起有伏，那如何面對這些起伏呢？我想起來一個聖人說過的話：「Be generous in prosperity and thankful in adversity.」（在順境時寬大，逆境時感恩。）

我不贊成城市建設中分窮人區和富人區

——給任志強先生的一封信

任總：您好！

在新浪網上看到了你關於在新城市建設中要把窮人區、富人區分開的觀點，也看到有許多網友們參加了討論，我認爲這樣的討論是很有意義的，它關係到未來我們城市發展建設的指導思想，也關係到未來城市中每個人生活得是不是便捷、舒適。

今天上午，我在新浪網上看到，你的觀點得到了四十五％的支援，四十二％的反對，還有一部分觀點不明確。同時，新浪網還把我的一篇部落格文章〈世界上還有八．五億人晚上餓著肚子睡覺〉放到了支援你的觀點這一欄中。其實在這篇文章裏，我並沒有呼應你提出的觀點，更沒有對你的觀點表示支援或者反對，但對於你提出的問題，我還是有一些想法，我一直以來都是很不贊成在新的城市規劃中做功能分區、把窮人區和富人區分開這些觀點的。

中國古代的城市面積都很小，人們在這座城市中生活，大部分都可以自給自足，對外界的依賴要比今天少得多，所以就有了北京城裏「東富西貴」、「南貧北賤」的說法。解放後，北京城市規劃的指導思想還是依據《雅典憲章》，把城市按照功能進行分區，參考的樣板是英國大倫敦地區和莫斯科的城市規劃。但從今天的現狀來看，這兩個被參考的樣板也都走了彎路，犯了錯誤。

前不久，我們公司請來了倫敦市市長的規劃顧問 Richard Burdett，他說，倫敦正在檢討他們當年按功能分區規劃城市所犯的錯誤，現在正用各種各樣的辦法去補救這種錯誤。其中一項措施就是修一條地鐵，貫穿泰晤士河五次，把歷史上形成的不同的功能區：窮人區、富人區、商業區、工業區通過地鐵更好地融合起來，只有把不同的功能融合起來，不同階層的人融合起來，才能解決目前大城市遇到的最大困難——交通擁擠的問題。我偶然在一份資料上看到，北京解放初期規劃學習的樣板正是倫敦和莫斯科，如果按照這樣的規劃發展，幾十年之後，我們遇到的問題將和現在倫敦遇到的問題一樣：交通擁擠。

幾年前，也有房地產開發商提出他們建的是富人區，我想，這可能只是房地產開發商爲了吸引客戶打出來的廣告而已，如果眞正按這種指導思想去建設城市，一定會重複幾十年前的錯誤，讓未來的交通更加擁擠。當我對這些房地產開發商提出我不同意這些觀點的理由時，他們反問我說：「你願意窮人家的小孩劃你的賓士車嗎？」我告訴他們說，我從來沒有BMW、賓士。他們認爲只有把富人和窮人分開，這樣社會才能安全，才能和諧。我是反對這種觀點的。我甚至認爲，任何社區都不能有圍牆，因爲社區就是城市的一部分，不能人為地把社區活生生地從這個有機體中割裂開來。而社區中大量的圍牆就阻斷了城市交通，讓這個城市不方便，沒有效率，很多人可能沒有意識到，是社區的圍牆使城市交通量劇烈增加。

也有人說，只有封閉的小區是安全的；正好相反，這樣的小區反而是不安全的。雖然看起來整天有大量的保安、鋼盔、警棒在維護安全，戒備森嚴，但再嚴密總會有疏漏的地方，而且從發案的情況來看，有相當一部分是監守自盜。而對一個開放的社區，全社會的人和無數雙眼睛都在保護著你，監督著小偷，反而不利於小偷作案。

也有人說，把富人和窮人分開，社會就會和諧，因為窮人和富人的素質不一樣。這種觀點我也不認同，我也不認為這樣的社會會和諧。中國個人財富增長的歷史實際上是從改革開放以來短短的二、三十年時間裏才開始的，說得更近一點，應該是鄧小平南巡講話後才開始的。在此前，農民關心的是把自己的地種好，打下的糧食夠下一年吃；城市的人更關心的是工資和獎金，工資和獎金也就是基本的生活費。在此之前，大家的財富都差不了多少，今天有一些人的財富多了，是因為他們的機會好、年輕，趕上了好時候。有一些人個人財富少一些，有可能是因為他們的機會不好；也有可能是產業升級把他所從事的行業淘汰了；或者是碰到困難，得了病；再或者是年紀大了；也有可能是正在成長、求學。在今天的社會，沒有錢的人，只要努力，明天就有可能會變成有錢的人、財富多的人；而今天有財富的人，也有可能因為市場經濟的經驗不足，明天就會變成沒錢的人，變成窮人。所以按照財富的多少來評判人的素質高低是不對的。

《偉大城市的誕生與衰亡》書影

社會不和諧的最大根源就是貧富懸殊。當然，這種貧富的懸殊並不是房地產開發商蓋房子造成的，也不是因爲他們要劃分窮人區和富人區造成的，但是，如果作爲房地產開發商在建房的過程中一定要把窮人區和富人區分開，就會增加這種不和諧。美國有位作家總結了美國上百年城市發展的歷史，寫了一本書叫《偉大城市的誕生與衰亡》（*The Death and Life of Great American Cities*），這本書是西方城市規劃的經典著作。她在書中總結出一個有生命力的、生機勃勃的城市應該有四個特徵，其中有一條就是：城市功能一定要融合。

我們在開發SOHO現代城的社區時，嘗試著把居住和辦公樓融合；在開發建外SOHO時，我們讓整個區域和城市融合，讓建外SOHO成爲北京城市的一部分，建外SOHO沒有任何的圍牆。十年的實踐證明，這些嘗試是成功的。

也許以前，我們並不能想像，今天我們可以如此方便地到任何一個國家去，人類的技術，甚至達到可以登到月球上去了。但在同一個城市，卻高牆林立，保安森嚴，一些人永遠無法進入到那些被標榜的富人區裏去。美國在歷史上也曾經實施過像我們國家實施的興建經濟適用房來解決窮人住房問題的政策，但最後發現這樣的結果出現了好多社會問題，這些區域漸漸變成了貧民窟，成爲政府的一大負擔，所以美國政府對窮人住房的補貼，從補磚頭開始改成了補人頭。有一些窮人、低收入的人，他（她）的工作地點可能就在高收入人群的區域、家庭，如清潔工、司機、家庭教師等等，如果讓這些人住在城市的一端，而工作的地點在城市的另一端，每天來回上班，在路上要浪費多少時間？又要給這城市增加多少的交通壓力和空氣的污染？

有人說，窮人和窮人生活在一起就沒有矛盾，富人和富人生活在一起也沒有矛盾。事實正好相反，窮人和窮人生活在一起，矛盾更大。因爲他們相互之間很難提供就業的機會，如果長期窮人和富人生活在兩個不同的區域，他們就會缺乏瞭解，一旦缺乏瞭解就會產生偏見，而偏見正是社會不和諧的本質。在舊的城市中，總是按舊的指導思想來指導建設，所以總是按不同的信仰、收入，不同的膚色、不同的種族去劃分，這些劃分常常就是偏見造成的，結果給人們帶來的是不便、冷漠、虛榮心，甚至衝突。

總結過去城市發展的經驗，現在文明的思想就是要消除不同種族、不同收入、不同膚色、不同宗教信仰的偏見，要有「人類一家」的思想，這樣人們才能夠互相理解、和平共處。

在新的時代、新的社會中，我們要建新的城市，所以我們要用更文明的指導思想，而不是抱著過去已經給我們造成許多困難的舊觀點、舊思想不放。

這只是我個人對你提出的關於窮人區、富人區觀點的一些想法，寫出來與任總和大家一起討論。

潘石屹

二〇〇六年二月二十三日星期四

關於窮人區富人區的討論很有意義
——再致志強先生

任總：您好！

我寫了〈我不贊成城市建設中分窮人區和富人區〉這篇部落格文章後，有三天時間沒有寫部落格，也沒有上網，這是我在新浪開部落格以來的第一次。以前我總是每天上網，每天寫部落格。這次，我的確感到自己知識和經驗的貧乏，就像你回信中說的——「無知」，但這種「無知」不是相對於你，而是相對於城市建設這個豐富的話題和我們城市中包羅萬象的現象。城市建設的確是一個非常複雜的問題，涉及到方方面面，窮人區、富人區這個話題的討論是很有意義的，對我們城市的發展，對我們的子孫後代都很有意義。我更希望這樣的討論能夠吸引社會各個方面的人都來參與，發表意見，尤其是希望城市規劃方面的專家、社會學方面的專家和政府的行政管理人員都參與到討論中來。

在網上寫作，最沒有創造力、最受人批評的方式是「Ctrl + C」、「Ctrl + V」的方式。但在我今天的知識和經驗遠遠不足於回答這些問題時，我不得不採用這種「Ctrl +

C」、「Ctrl + V」的方式。以下是一位今年已經八十歲的加拿大作家珍・雅各（Jane Jacobs）在《偉大城市的誕生與衰亡》中所說的一些話：

> 請看看我們當初花幾十億建了些什麼：低收入的住宅區成了少年犯罪、蓄意破壞和普遍社會失望情緒的中心，這些住宅區原本是要取代貧民區，但現在這裏的情況卻比貧民區還要嚴重。
>
> 這不是城市的建設，這是對城市的洗劫。
>
> 這些「成就」比他們可憐兮兮的表面假象還要寒磣。從理論上說，這樣的規劃行爲應對周圍地區提供幫助，但實際上並非如此。典型的情況是，這些被支解的地區生發出快速增長的惡性腫瘤。爲了以這樣的規劃方式來給人們提供住宅，價格標籤被貼在不同的人群身上，每一個按照價格被分離出來的人群生活在對周邊城市日益增長的懷疑和對峙中。
>
> 完整的社區被分割開來，種瓜得瓜，種豆得豆，這樣做法的結果是，收穫了諸多的懷疑、怨恨和絕望。

這是珍對美國低收入住宅區的描述，我擔心很可能不幸成爲我們實施建設的經濟適用房小區未來幾十年之後狀況的描述。

珍在這本書上還舉了一個「波士頓北端」的例子，這個「波士頓北端」是歷史形成的老城區，一直延伸到河北的重工業區，並被官方認定是波士頓最破敗的貧民區，是這座城市的恥辱；也成爲麻省理工學院和哈佛規劃系、建築系的學生經常做作業的物件。在老師的指導下，他們常常在紙面上把它描述成有超級的街道，規規整整、溫文爾雅理想的社區，雖然多次被大家理想化地來描述，但這個老城區一直沒有被改造。珍給一位政府負責規劃的官員打電話，那位官員說：「那是城裏最糟糕的貧民區，我討厭承認它是波士頓的地方。」又給銀行打電話，問願不願意給波士頓北邊提供新的貸款，銀行家告訴她：「那不可能，絕對不可能，那是貧民區。」

但有意思的是，這裏的街道上卻洋溢著各種活潑、友好、健康的氣氛，這是在波士頓許多地區看不到的。從政府的統計來看，這裏的死亡率是每千人八．八，美國城市的平均死亡率是十一．二，肺結核的死亡率也很低，少於每千人一人，甚至比布魯克林還要低。

前天下午的一個聚會上，我遇到了加拿大的建築師周．卡特（Joe Carter），我知道他是研究城市規劃問題的專家，他夫人何紅雨是清華大學建築專業的博士。我當時滿腦子是窮人區、富人區這些沒有答案的問題，我一見到他，趕緊問他窮人和富人到底應不應該住在一起。他隨手就給我一篇文章，題目是〈互惠與城市〉，我看了後，覺得寫得很好。我徵求他的意見說這篇文章能不能放到我的部落格上，他說沒有問題，如果需要，他可以再給我發來電子文本，免得我打字了。他又給了我一大本他打出來的書稿，他說，看了以後可能會對我提的問題有所幫助。

感謝之餘，摘錄周．卡特〈互惠與城市〉中的幾段與大家共用：

有人問孔子，什麼是教育。孔子說：如果不得不用一個詞來總結教育的話，那就是互惠。

周嘗試著將這樣的原則運用到他的設計並探討它們的現實意義。爲了實踐互惠、合作和互助，就需要相互信任，需要瞭解各自的需求和資源，並且易於相互接近。

可接近的概念也是適用於我們的過去、我們的文化遺產，如果我們可以接近世界上每一個文明所提供的財富和文化多樣性，就更能夠實現互惠、互助和合作。現在我們可以用構建「天下一家」和諧世界秩序的理念來集體繼承這遺產。

與在人類的生物學生活和其環境中的基因庫所扮演的角色很類似，幾千年來所實現的文化多樣性的巨大財富對於正在經歷集體性成長的人類社會和經濟發展是至關重要的。它代表了一種必須在全球文明中孕育果實的遺產。一方面，文化表現需要被保護免受當前肆虐的令人窒息的物質主義影響；另一方面，文化必須在不斷變化的文明模式中互動。

如同生態學中的協同作用所隱喻的，社會、經濟、技術、知識和精神生活都是相互依賴的，在任何領域缺乏多樣性都會傷害整體的進步。我們需要探尋安全地、便捷地、優雅地接近多樣性的途徑。

周・卡特最後告訴我，現代建築的大師鼻祖柯比意（Le Corbusier）曾經設想，城市做高層建築，高收入的人住在低層，低收入的人住在高層。

這幾天，越是看有關城市規劃對富人區和窮人區的研究，越感到心驚肉跳，我們現在是不是重複別人幾十年前所犯的錯誤，可能有些錯誤犯得更大，更明顯，這將會影響我們今後許多代人。也許我們的國情跟他們完全不一樣，不能盲目地借鑒美國的經驗，但我們城市發展正確的道路又是什麼？

我曾記得去年任總出錢資助過一種「植物多樣性」研究的課題，在大自然中人爲地種一種植物，這些植物很容易死亡、退化，如果各種植物混合在一起種植，就會互爲營養，互爲平衡，植物就會健康地成長。北京前些年在馬路邊種了清一色的白楊樹，每年到夏末秋初，這些白楊樹的葉子就會發黃，需要用飛機噴藥，我想這肯定與品種太單一有關。北京也曾大面積引進一種冬天還能發綠的國外過冬草，但沒有幾年時間這些過冬草全都退化了，死得也差不多了。

我們的城市何嘗不是如此？大自然中要有參天大樹，也應該有「沒有花香，沒有樹高」的無名小草，也正是有了這些無名小草，才維持著植物多樣性的平衡與和諧。

窮人區和富人區到底是不是應該分開？我們討論的目的不是要誓死捍衛我們個人的觀點，把自己的觀點像自己的私有財產一樣去保護，那就失去了討論的意義。討論的過程也是探究眞理的過程，也同時發現自己的不足、自己的無知和別人觀點中的正確的值得借鑒的成分。我想窮人區富人區的討論更應該如此。

任總在給我的回信中提到了我們開發的專案，認爲我們是掛羊頭賣狗肉。「SOHO

現代城」是我們最早開發的進行多樣化探討的專案，其中有九十平方米的房子，也有三百平方米的房子，這只是我們邁出的第一步。「建外SOHO」也不是什麼豪華區、富人區，因爲其中一大部分是商業寫字樓、公共建築，是沒有圍牆的建築，任何人都可以隨便出入，這與富人區沒有關係。同時，「長城腳下的公社」也沒有放棄我們對建築多樣化的探討，我們聘請了十二位風格各異的建築師設計出了十二種不同的建築，在威尼斯雙年展獲獎後，我們對學生和建築師開放，免費參觀了一年多的時間。現在，長城腳下的公社也正像任志強信中說的，既不是窮人的居住區，也不是富人的居住區，是由凱賓斯基管理集團管理的一座酒店，並有三百多人在這裏就業，其中大部分的年輕人都是來自於農村。前不久，美國《商業周刊》把長城腳下的公社評入「中國十大建築奇蹟」。

人生活在城市裏，最需要的是快樂，而眞正快樂的來源是來自於給予和奉獻。我看到現代城社區中組織過很多次給孤兒院、貧困山區捐玩具、書本及衣物的活動，現代城的居民，從幾歲的小孩到六七十歲的老人，他們捐出自己的東西時，那種快樂的表情是發自內心的。同住在一個社區，生活在一個社區，要能夠和諧相處，最關鍵的是要有給予和奉獻的氛圍。奉獻金錢不是唯一的途徑，奉獻也可能是自己的時間、自己的經驗，甚至是一個禮貌的微笑，一句問候，一句提醒。

窮人和富人在未來不可能是兩個勢不兩立的階級，這種觀念和思想已經過時了，而且這種觀點曾經給我們帶來了巨大的危害，他們完全可以共同相處，並且給對方創造和提供給予奉獻的機會和環境。在我們這個社會中，人的素質、教養高低幾乎與他擁有的金錢、物質財富沒有關係。德瑞沙修女是全世界最受尊重的人物之一，但在她去世時，她全部的個人財產就是一張「耶穌受難圖」、一雙涼鞋和三件舊衣服。所以，從內心深處來說，我不能接受按照擁有物質財富的多少來劃分人的素質高低，並以這種假設爲出發點得出的結論，甚至採取行動。

在這篇部落格寫完後，發現任總又寫了一篇部落格，題目是「不能用道德觀點否認經濟規律」。在部落格的開頭，他描述了美國洛杉磯富人區的情景，這似乎是他心目中城市發展的楷模和榜樣。而我只想用一段數字來說明洛杉磯這個城市：

「洛杉磯每十萬人中有三十一・九人被強姦，比緊隨其後的兩個城市聖路易和費城高出兩倍，比芝加哥十・一人的比率高出三倍，比紐約七・四人的比率高出四倍。

「在其他更爲嚴重的人身攻擊方面，洛杉磯擁有每十萬人中一百八十五人的比率，相比之下，巴爾的摩是一四九・五人，聖路易一三九・二人，紐約九十・九人，芝加哥七十九人。

「洛杉磯整個犯罪率是每十萬人中二五〇七・六人犯罪，遠遠超過緊隨其後的聖路易和休士頓（分別爲一六三四・五人和一五四一・一人），而紐約和芝加哥則分別爲一一四五・三人和九四三・五人。」

還是要再強調一下，我只是在說明我的個人觀點，我的見識是有限的，也不一定全面，希望與任總和更多有識之士一起討論這個問題，我覺得這樣的討論很有價值，我也可以從中學習到很多東西。

潘石屹

二〇〇六年二月二十七日星期一

開放與拋物線

去波士頓，到了他們的「科學博物館」，最讓我感興趣的是「數學模型館」。正態分布的模型、用肥皂泡做的最小化模型、宇宙速度模型等等，都是我從來沒有見過的，以前都是在書本上看文字，從來沒有這樣直觀。宇宙速度模型是用鋼球做成的，達到一定的速度鋼球做圓周運動，再到一定的速度鋼球做拋物線運動，再高到一定的速度鋼球做雙曲線運動。衛星達到一定的速度就擺脫地球的吸引力了，人造地球衛星就是根據這個原理造成的。我在「數學模型館」看了很長時間。

這次到紐約，與十年前我第一次來紐約看到的一樣，一個字：「亂」。這十年間，我到過幾次紐約，但都是在冬天去的，冬天的紐約天氣很冷，街道上都是沒有完全融化的黑雪，以往我只是從辦公樓直接到飯店，很少在街上走。這次去正好是春暖花開的季節，時間又很充裕，大部分時間都是在街上走。當初紐約曼哈頓的規劃者，用橫是街道、豎是大道的方式對這個城市做了簡單的分隔，當初的管理者也一定想在這塊土地上，建立起自己的規則和秩序。幾十年之後的曼哈頓，成了全世界最開放的地區，不同人種、不同語言、不同信仰並呈。除了僅存的街道和大道的編號之外，當初的規則和秩序蕩然無存。對一個有巨大生命力的城市，單靠一種頭腦中想像的模式和實驗室中研究出來的規則來管理幾乎是不可能的。這種隨機的、混合的、「奇蹟隨時隨地都可能出現的」城市從表面看很亂，「亂」已成爲了紐約的特徵，成爲了紐約人文化的一部分。張曼玉和王菲在紐約生活了一段時間，深受紐約文化的影響，據說張曼玉從來不去理髮店剪頭髮，都是自己拿剪刀自己給自己剪。再看那些按一定的模式嚴格管理的城市，要種一樣的樹，種一樣的草，樹和樹的間距都是統一的。這樣的城市，大多死氣沉沉，沒有任何的活力，比如中國的珠海。表面化的規則和秩序，實質是簡單和沒有生機。

用封閉的方式管理城市，城市都被管死了；用開放的方式管理城市，城市生機勃勃。

中國每年都開一次「住宅產業交易會」，有個英文簡稱CIHAF，秘書長是單大偉，就是這個會議的總頭。前幾年，在深圳開會，會越開越大，最後一次「住交會」的幾天裏，每到凌晨一點、兩點單大偉就出現了，神經高度緊張，總是擔心出事，總是擔心照顧不好大家。我和深圳世聯地產的陳勁松同他聊一會兒天，安慰他一會，他就又開始明天新的一天的緊張了。終於因爲「住交會」規模太大了，深圳放不下，會議搬到了上海。人更多了，就像一個大的自由市場，也是一個字，「亂」。但大家各取所需，想認識人的就去認識人，想談生意的就去談生意，想參觀的就參觀，愛講演的就過講演的癮。據說是有五萬人參加，但誰也無法統計。單大偉在上海開會的幾天內也見不到人

紐約是一個有巨大生命力的城市

了。最後會議閉幕的一天，見到了單大偉，他說，人太多了，照顧不周。我說這就對了，你看這些房地產商誰需要你照顧，自己把自己照顧得都很好。有許多會議，會前組織者費了許多力氣，要讓會議完全按自己設想的模式去運行，稍有偏差，就緊張得不得了，這樣的會議一定開不好，起不到開會的作用。這只是流於形式主義的會議。眞是「有心栽花花不開，無心插柳柳成蔭」。

人一般分兩種，一種人認爲世界是不確定的，我們和我們所做的事是這個不確定世界的一部分，做起事情來輕鬆，不費力氣，效果不錯；另一種人認爲世界是確定的，我們一定要全部掌握事物所有的規律，制定出來一整套的規則和程式，這種人幹起活來，總是費力不討好，沒有效率。

十年前，比爾．蓋茲的 Microsoft 用 Explorer 開放思維的方式打敗了 Netscape，建立了 Microsoft 的帝國，成了世界首富，也成了全世界年輕人學習的榜樣；今天一種更開放的 Google 在挑戰 Microsoft，讓比爾．蓋茲坐臥不寧，他正在組織力量，全力以赴的製造「Google 殺手」。Microsoft 比 Google 大十倍，爲什麼 Google 會成爲 Microsoft 最大的敵人呢?看一看他們軟體的介面就知道了。Google 軟體的介面是極少主義的典型，當然「蘋果」從外形上也是非常的極少主義。Google 可以和世界上任何一個網站連接。而 Microsoft 功能複雜，自成體系，是一個自我封閉的帝國。全世界所有人不可能永遠寫文章時都用 Word，算賬時都用 Excel，上網時都用 Explorer，講演時全用 PowerPoint，這世界需要一些變化了，世界本來就是豐富多彩的。我們不可能永遠生活在比爾．蓋茲爲我們制定的遊戲規則中。

Microsoft 和 Google 在未來的市場競爭中誰輸誰贏，現在下結論爲時尚早，最決定性的就是有沒有開放的思維，承認人是有差異的。把人這種開放式的思維，變成機器的語言，寫成用戶接受的軟體。這對一個大公司來說非常困難，因爲他們已經官僚化了；但對一個小公司要容易得多。用比爾・蓋茲的話說：「他們（Google 的 Sergey Brin 和 Larry Page）就是知道穿黑衣服，扮酷！」這說明他們更年輕，思想更沒有負擔，就像當年的比爾・蓋茲一樣。

小事情要做到整齊，例如，自己錢包、自己電腦的文件夾、自己的辦公室，只有整齊才有效率，小事情就像做圓周運動一樣，是第一宇宙速度的模式，有一個中心，自我封閉起來。做大事情，系統更複雜，能量更大，所以做大事情的指導思想要開放，容許「亂」，更像做拋物線、雙曲線，第二和第三宇宙速度的運動方式。

一座城市、一次會議和一家公司要辦好，這些都是複雜的系統，需要大的能量，指導思想一定要對頭、要開放，你所做的只是萬千世界的一小部分，千萬不要自以爲是，井底之蛙，只見樹木，不見森林，把自己的思想圈在一個小圓中。表面現象的「亂」就是不要太人爲了，不要把自己的喜好和價值觀強加在別人和別的事物的身上。這樣將更接近自然，更接近客觀的規律。

不要陶醉小圈子

二〇〇二年九月張欣在威尼斯突然獲了國際建築大獎，當時我有些手忙腳亂。獲獎時好在有上海的一批朋友突然出現幫我們照顧行李，還好有建築評論家方振寧在場，手裏拿著一部最新款式的數位照相機，對著張欣拍了許多照片，我這才放心。可是沒想到，晚上回到飯店，方振寧連夜把照片拷貝到了光碟上，照相機記憶卡裏的就刪除了。第二天方振寧非常著急地告訴我，存照片的光碟找不到了，所有的照片全丟了，方振寧懷疑是別人有意偷走的。我看他又寫文章又照相，忙忙亂亂的，帶的一個助手又幫不上忙，淨給他添亂。我想肯定不是別人偷走的，一定是他自己給搞丟的。我告訴他，現在在異國他鄉，人生地不熟的，不要懷疑自己人，不要在我們內部搞階級鬥爭，趕緊想補救的辦法。

從那一刻起我下定決心要買一部好的照相機，我要自己學會照相，在關鍵的時候求別人不如求自己。方振寧向我介紹尼康（Nikon）D一百的照相機是最好的，用普通的鏡頭可以配在數位照相機的機身上。回到北京打聽，沒有這款照相機。後來，我和我們公司最懂照相機的，也最會討價還價的程立瀾博士一起出差到了香港，辦完事後，逛遍了港島所有的商店，他們說，曾有過這款相機，但現在停產。我和程立瀾又坐地鐵到九龍，也沒有這款相機。我們倆掃興地回到飯店，準備與我們聘請的公關公司林老闆吃頓飯後，就坐飛機回北京了。飯桌上我們又提起買照相機的過程，林老闆看出我們想買照相機迫切的心情，馬上打電話給他們同事，一會兒回話告訴找到了，看來香港的事還是香港人明白，香港還是香港人的碼頭。我和程立瀾在上飛機前，趕到商店買到了一部尼康D一百的照相機。臨付款時程立瀾沒有忘記討價還價又給我們減價了兩個百分點。

　　這款照相機，就是我心目中理想的照相機。不浪費膠卷，是數位的；不浪費電池，不會污染環境，是可充電的電池。可用普通的鏡頭，反應速度很快。最重要的是對我這個外行，它的儲存的容量很大，可以放開隨便拍，晚上再在電腦上刪除、修改。我的照相技術不好，但我的Photoshop技術不錯。發揮了我的優勢，避免了我的劣勢。從此我隨身的包裏一直都有這部照相機。但使用率不是很高，大部分的時間不是我照別人而是別人照我。現在有照相機的人越來越多，上次去上海參加《新周刊》的活動，正巧坐在鳳凰衛視主持人陳魯豫旁邊，不斷有人要和陳魯豫照相，陳魯豫根本就沒有辦法吃飯。有位小伙子過來拿著帶照相功能的手機要我幫他和魯豫照相合影，我說能不能換一個清楚的相機，他說湊合著吧。這就是當名人的代價，不管你願意不願意。

　　兩萬元買了部相機閒著總感到是個浪費。這種數位的東西貶值貶得很厲害。今年三月，我帶上我心愛的照相機，去了一趟中國的西部，拍了許多照片，出了一本書《西行

西行路上，我不斷地下車舉起相機。

二十五度》。一天，我遇到藝術家陳丹青，他很認眞地告訴我，他看到了《西行二十五度》這本書，這本書好！好就好在如果用專業的眼光去看，書裏七十%的照片是不能用的，這就是藝術的非專業化趨勢。專業就意味著小圈子，非專業才是大眾化。他還告訴我，他正在翻譯一本大師的書，講照相比繪畫更重要。我對陳丹青說，我也給你講一個故事。一天，父子倆在一景點，看到一位畫家在畫畫。父親對兒子說：「要好好學習，將來才不會像這個人一樣，買不起照相機，多費力！」陳丹青聽了很不高興。與陳丹青對話後，對我很有啓發，藝術都有非專業化的趨勢，商人就更不要陶醉在自己的小圈子裏，陶醉在自己的小圈子裏最終將是一事無成。商人不能根據自己的愛好和專業去做生意、想問題，而要想想客戶在想什麼，客戶需要什麼。

有了這部相機，我才發現自己眼睛看到的東西是不眞實的；是經過了大腦，又把自己的情感和過去的記憶夾雜在圖像中去了。

有了這部相機，我才發現太陽光是多麼的美，多麼的重要，任何人造光源都比不上太陽光，尤其是早晨的早霞和黃昏的餘暉。照相時我的經驗是不要用任何人工的光源，用太陽光是最好的。

64 老婆的話是對的

SARS期間去什麼地方都不方便，去懷柔的路還被村民在路口封著。上海有位張欣在高盛公司工作過的朋友說，她在上海買下了一座舊洋房，剛剛裝修好，搬進去住了一個月，請我們去住住。我們倆帶上兩個孩子，在首都機場買了一些北京的特產茯苓餅和山楂片，背包打傘地往上海趕。這就像農村騎著毛驢串親戚一樣，只是交通工具從毛驢變成了飛機，心情是一樣的。在飛機上兩個兒子一定要吃這茯苓餅和山楂片，擋不住在飛機上這兩個小傢伙的又哭又鬧，打開包裝，給每人發了幾塊，像我們小時候一樣，一定要吃串親戚的禮物餅乾一樣。

到了上海，受到了朋友的熱情接待，一座三層樓的小洋房，加上一個自己家的院子，既寬敞又舒適。據說這座房子以前是七戶人家住在裏面。早晨起來，我帶著孩子，在外面散步。緊靠著這座小洋房有四五戶人家，也正在刷牙洗臉，幾家共用一個水龍頭，人們蹲在路邊刷牙，頭頂上掛著一大號的花褲衩和胸罩。四歲的兒子說，爸爸，這是垃圾房嗎？我說，不，不是，還有許多人住在這裏。我不知該給兒子講些什麼他才能聽懂。但想一想，我們大人就已經全搞懂了嗎？對貧困和富裕，幸福和不幸，有錢和沒錢，我們大人都想過嗎？我們想通了嗎？至少周正毅沒有想通。

中午見到了新天地的大老闆、瑞安集團的主席羅康瑞先生和他的一班人馬。羅先生瀟灑、風趣，講話總是那樣的得體。他談了他對上海的熱愛和感情，談了新天地的由來和發展，談了他在上海下一步的理想，談話中不時表揚我們幾句。也談到了當前上海的熱門話題周正毅。下午見到了世貿濱江的許榮茂先生，許先生談話低調、誠懇，談到了做房地產的艱辛，談到了在做房地產專案中的困難。我深有同感，不斷地附和著。當然也談到了上海的熱門人物周正毅。最後許先生帶我們到他們家，四十六層，一千多平方公尺的房子，屋裏要什麼有什麼，只要你能想到的，這房子裏都有。在屋頂的花園上，看到黃浦江，看到了外灘。當時有霧，我想到了晚上夜景一定很好看。第二天，《紐約時報》的記者周看請我們去看他的房子，停車後走了一段胡同，上海人好像不叫胡同，叫弄堂。一座掉著牆皮的房子就是他的家，地板都是一百年前的，走起路來，唧唧喳喳的直響。樓梯上的木板都被一百多年住在這房子裏的人的鞋磨成了半圓型的。整個屋子的感覺就是舊和黑。老外就喜歡這樣的舊房子，讓我理解了爲什麼從古墓中挖出來的東西會值錢。當然也談到了上海的熱門人物周正毅。中午，上飛機之前與陳逸飛先生一起吃飯，先到了他的辦公室，延安西路的一座摩天大樓中。陳先生的辦公室只用玻璃做裝潢材料，辦公室幾乎什麼都沒有，要什麼沒有什麼，他身後的書架上一本書也沒有。他談了風格、視覺、藝術、建築等等，也不時地表揚我們幾句。他問我對上海的印象和對

上海建築的看法。我說，我有點暈，像坐過山車一樣。我想當時陳先生一定不知道我在胡言亂語什麼，不知我當時說的是什麼意思。當然也談到了上海的熱門人物周正毅。

在短短的兩天內，從朋友家的小洋房到羅先生的新天地，從新天地到世貿濱江的豪宅，從世貿濱江的豪宅到周看的舊房子，再從周看的舊房子到陳先生空無一物的玻璃辦公室。我眞的眩暈了。

上了飛機，兩個兒子在上海玩累了，一上飛機就都睡覺了。看報紙上整篇都是周正毅和劉金保的報導，這年頭，資訊是眞發達了，剛發生的事，在報紙上都印出來了。看完報紙我在想，這些年房地產行業總是在出事，出的事是越來越大，出的事是越來越多。爲什麼？是土地制度有問題。我在房地產行業待了有十幾個年頭了，看到了房地產制度和政策的混亂。政府出讓土地，光是叫法就有好多種，一般人是搞不明白的，各個城市有各個城市的叫法。什麼目的？少給中央政府一些出讓金的分成，當地政府的財政想多得一點，所以就有了出讓金、地價款、批租金等等，有了各種地方的土政策，××號文件、××號令，這些文件，都是與「土地法」，國務院的土地出讓、轉讓政策相背的。如果一個城市堅持執行國家的法律和政策，而別的城市亂搞，這個城市不就吃虧了嗎？所以，大家一起亂搞。不是要把事情搞清楚，搞簡單，搞得有高效率，而是要把簡單的事情搞複雜，搞亂。

上世紀末，房屋銷售面積的誤差原來某主管部門定爲五%，另一部門一定要定爲千分之五。相差十倍。當時，北京萬科的總經理林少洲火急火燎地找到我說，這會出大事的，我們一定要制止，這個精度在技術和施工上不可能達到。也因爲萬科城市花園的房子，一百%都超過了千分之五。按道理都可以退房。林少洲寫文章在報紙上發表，題目是很刺激，是拋向房地產的一枚炸彈，也沒有人理睬他。又過了幾年，誤差定爲了今天的三%。這期間不知引起了多少的糾紛和官司，造成了多少浪費。原因是什麼？據說是某部門想讓自己的權力大一點。

到政府機關去辦事，常常看到在任命幹部之前要公示，要公開化，要透明。但土地的出讓，這樣巨大的國家財富，多少年來都是用協定的辦法，慢慢地談，黑箱交易在所難免。沒有用公開、透明的辦法去做。這樣做出了許多的案子。去年初，一位中央領導講話說，紀檢部門查處的與土地出讓有關的案子二萬六千起。有多少人家破人亡，多少人頭落地。去年，我們看到政府狠下決心，從七月一日起，土地要公開交易。八月份中紀委又補充了一個文件，強調了土地必須公開交易。我們看到這個消息，歡欣鼓舞，房地產商奔相走告。但快一年了，並沒有看到多少土地公開交易，不公開的地下交易卻一直很活躍。

制度很重要。好的制度可讓好人幹更多的好事，讓壞人幹不成壞事。不好的制度會讓好人幹不成好事，讓壞人幹壞事，甚至幹大壞事。

老婆總是批評我，洗衣服前不把口袋的零錢掏乾淨：否則，會讓家裏的阿姨犯錯誤，而這犯錯誤的根源不是阿姨，是你。我總是不以爲然。今天，我想老婆的話是對的。

「遷怒」與爲他人服務

現在不大聽到有人說「爲人民服務」了。但是，我覺得社會發展到現在的階段，服務於他人是一個很值得說一說的話題。

我們公司發展到了今天這一步基本已經解決完成了溫飽問題，公司下一步的發展和提高，我想一定是需要通過學習、培訓，讓全公司員工的素質及公司整體的素質有所提高。在過去的十年時間裏，我們公司曾經做了許多的培訓，主要是對大家能力、技能的培訓。能力和技能在公司的創業階段，尤其在溫飽尚未解決的階段是非常重要的，也是立竿見影的。但到了今天，我想公司每一個員工的品德比技能更重要，所以，公司人事部組織了提高公司員工品德素質的培訓。這可能不是立竿見影的事情，但是對公司長久的發展會有好處。

人的美德有許多，比如團結、勇敢、誠實、創造力、同情等等，但我想，還有非常重要的一點，那就是「服務精神」。「服務於他人的精神」是當今社會中任何人都應該具有的基本品德。在今天我們這個社會中，我們所有使用的東西九十五%以上都不是我

們自己生產和製造的。看一看，我們吃的食物、穿的衣服，我們使用的電腦、汽車、手機，這些都是他人爲我們提供的，都不是我們自己給自己生產的。這個社會中的任何一個人只有處在「我爲別人服務，同時別人也爲我提供服務」的狀態當中，並讓這種服務精神把我們大家緊密地聯繫在一起，大家才能共同的生存和進步。所以，在今天這個社會和時代中，服務的精神要比以往任何一個時代都顯得重要。我們的員工要爲自己部門的其他人提供服務，要爲公司提供服務，要爲合作單位提供服務，還要爲家庭提供服務，最後要爲全社會提供服務。如果沒有這種服務精神，我們就無法在這個社會中生存。如果服務精神差，我們公司就不能繼續提高生產力，整個社會也就不能夠和諧地往下發展。一個社會、一個國家、一個公司就像一個人體一樣，各部分都有它特定的功能，只有相互服務，彼此共同協調，才能夠成爲一個健康協調的身體。

過去我們公司衡量一個人，常常是按能力的大小、智力的高低去評判他，去給他安排職務和工作。但到了今天，我們意識到，服務精神是一個前提，有沒有服務精神，和服務精神的高低的重要性遠遠已經超過了能力的大小和智商的高低。因爲，如果沒有服務精神，你的能力和智力就得不到發揮，甚至會起到反作用、破壞作用。

作爲一個商業公司，過去更多的是強調爲客戶提供服務。但發展到今天，僅爲客戶提供服務已經遠遠不夠了，我們不能夠只爲付給錢的人提供服務，而在花我們錢的人面前，做大爺，做「甲方」；不能只是級別低的員工爲級別高的員工服務，級別高的員工做大爺，發號施令。這都是違背服務的基本精神的。我們的員工、我們的公司不僅要爲

SOHO 中國十年慶典，《符號》展開幕。

客戶提供服務，還要爲我們的材料供應商、施工單位、設備供應商、設計單位等提供和客戶同樣優質的服務。爲此，我們專門研究設計了兩套意見徵求表格：一套是徵求我們客戶的意見，比如購買了我們的房子有什麼樣的要求，我們的客戶服務部門、租務部門、市場部門可以隨時給他們提供服務。另一套徵求意見表格，是我們作爲甲方給我們的「乙方」提出來設計的意見表格，讓「乙方」也可以給我們提出意見。兩方面的意見對我們同樣的重要，我們希望通過與我們周圍客戶和所有廠家的反饋，不斷地提高公司每一個員工的服務的意識和服務的態度，這樣才能讓公司整體的素質提高。

公司在社會中的價值和個人在公司的價值一樣，只有你爲社會提供了服務，爲社會提供了價值，你的付出才能得到社會和公司的認可。過去，我們作爲一家房地產公司，要跑許多政府的手續，我們的員工受了不少的氣，吃了不少的苦。現在，政府也在改革，例如土地的「招拍掛」（招標、拍賣、掛牌，是中國出讓國有土地使用權規定），各政府部門配合之間把前期一半手續辦完了，提高了我們的工作效率。服務是一個人的美德，不能因爲前一個人對你態度不好，你就對後一個人態度不好，這就是孔子認爲最不能原諒的人的缺點：「遷怒」。只有人人都提高自己的服務意識，把自己定位於服務他人的角色，我們公司才能健康發展，整個社會才能和諧地向前運行。

一個偉大城市的魅力
巨變中的北京

張欣

我們經常在各種雜誌上讀到世界各大城市的評比，誰是最舒適的城市，誰是最適合居住的城市，等等。我記憶中被選中的城市有美國的匹茲堡，加拿大的溫哥華，瑞士的蘇黎世……這些入選的城市的確有它們各自的魅力，但總難免讓人感覺單調、乏味。與之相比，人們還是嚮往到那些偉大的城市去，去紐約、去巴黎、去倫敦。

一個偉大城市有什麼特點？它們都有悠久的歷史故事，傳奇的政治人物，令人嚮往的文化藝術活動和熙熙攘攘的商業經濟繁華。我們總能在偉大的城市中找到豐富的人文文化、獨特的自我個性和強大的包容力；我們總能遇到那些帶著各種夢想、來自世界各地的人，這些人的交流、碰撞給偉大城市帶來了無限魅力。而這些思想、碰撞又推動了偉大城市的發展，這就是城市的靈魂。

北京是很獨特的，我記憶中就有過好幾個面孔。

我小的時候，北京的市中心就是天安門，所有和北京這個城市有關的事都發生在天安門——加入少先隊是在天安門，國慶的慶典活動是在天安門，悼念毛主席逝世是在天安門，外地人到北京都到天安門廣場照相留念。那時候，我們的國家是政治化的，我們的生活是政治化的，我們活動的場所也是政治化的。

我們也都從照片上見過解放前老北京的面貌，前門一帶是市中心，繁華熱鬧。那時的人都梳著辮子，坐著轎子，離我們好像很遙遠。

北京人幽默、愛玩、愛聊天、愛吹牛、愛看人，也愛被人看。北京人喜歡文化、藝術，這種氛圍一直就有，所以文化人、藝術家喜歡待在北京、混在北京。

北京人喜歡政治，計程車司機都能侃幾句「兩會」和政治上的花邊新聞，聽上去似乎誰都認識幾個部長、市長、外國大使。北京人在一起話題一定是政治，誰上台誰下台永遠是他們關心的話題。

北京的魅力就在於她的「雜」、「大」、「牛」，在於她的沒有章法，沒有秩序，閒人多，外來人多。豎著看歷史很遠，橫著看今天很廣。

北京在巨變，在這片熱火朝天的都市營造中，什麼是北京當代文明的精神？北京將變成什麼樣子？

九一一後，全世界都在反省，人們開始懷疑象徵權力的標誌性建築的存在意義。

如果艾菲爾鐵塔（Eiffel Tower）是工業文明的標誌；世貿中心是美國精神的標誌；

遍布亞洲城市的世界最高建築是新財富的標誌；那麼北京這座文化古都經歷了歷朝歷代的演變，現在也並沒有很多財富的時候，是否要急於顯富？是否要急於建設各種各樣的標誌性建築？

我認爲恰恰相反，在倡導個性化資訊時代的今天，北京大都會的建設應該是強調多元化、多層次的豐富性。

我們的社會從政治化轉向商業化，活動變了，生活方式變了，場所也在變。城裏的人交流需要消費場所，他們到餐廳去，到酒吧去，到書店去。消費的需求有了，消費的場所卻還沒有系統地建設，於是自然生長了三里屯酒吧街，后海的街區，賣服裝的秀水街。這些沒有被系統地設計規劃過的街區自然有它們獨特的魅力，但不可否認的是，這些地方多半基礎設施簡陋，衛生條件差，交通堵塞，沒有物業管理，沒有統一有效的品牌推廣，就像路邊的小花，自然隨意，清新誘人，但終究不能形成有氣勢的景觀。文明是在自然中加上肥料，加上營養而派生出來的，人類的文明從來都是在改造自然的過程中創造新的文明。

於是我們就面臨著：什麼樣的建築能承載北京這個偉大城市的靈魂？什麼樣的場所能容納那些帶著各種夢想、來自五湖四海的人？包容、豐富、混合就應當是北京都市營造的特點，就應當是北京城市規劃的思想，就是這個偉大城市的個性。

政治化的城市建設尺度都很大，政治時代活動形式靠集體，街道一定要特別寬，廣場一定要特別大。經濟型的社會是要刺激消費，個性化是刺激點，因而城市規劃的尺度要小，要豐富，才能適應各種群體。

當建設SOHO街的機會來臨時，我們特別激動，也格外小心。在城市中心建設這麼大規模的專案，她的規模和人口密度就是一個小城市，她無疑給城市帶來了巨大的能量聚集，做得不好就可能是巨大的災難。我一直認爲在建設開發中，土地只是工業生產的元素之一，任何時候花錢就能買來，關鍵是有沒有能力把各種創造性資源組合起來，變成一個產品，有效地推廣到社會當中去。這裏有兩個要素：第一，怎樣去發掘每一個個體身上源源不斷的創造力；第二，怎樣把有限的個體創造力變成集體創造力。這個區別就好比是自然生長的三里屯酒吧街和精心規劃的SOHO街。

建外 SOHO

SOHO街的精神是無中心，多層次，混合就是活力（multi-center，multi-layer，multi-entrance，multi-view）。沒有大的中心花園、廣場，大的建築營造出的是小的感覺，小的場所卻有大的氣度。

建築設計的手法是迷宮一樣的街區小城，城裏到

長城腳下的公社：怪院子

處都有小廣場（piazza），兩層的隨意上下的花園，蜿蜒的小橋、小街，抬頭望去是高高的、透明的玻璃樓。

去過威尼斯的人都讚歎這城市「特別小」的尺度，這是給行人造的城市，給商店造的城市，人走在小街上常常要與別人擦肩而過，碰到時還要相互微笑，那種特殊的交流方式眞好。每一個小廣場都很像，又不太像，在這裏逛的人要靠商店的不同來認路，每一條街，每一個piazza的個性都是由那裏的商店、餐廳、小飯店形成。有時候去一個piazza覺得不起眼，但第二年再去發現全變了，熱鬧起來了，就因爲新開了幾家有意思的商店。SOHO街營造的就是這種狀態、這種意境，但形式是現代的，規模當然要比威尼斯小得多。

脫去了灰色的中山裝，放下了熟悉的自行車，北京人帶著一貫的自信，坐在自己新建的城市裏，開始過起和紐約客、巴黎人、倫敦人很像的生活。

附錄二

潘石屹的部落格

張欣

蓋茲說

今年一月在達沃斯（Davos）開世界經濟論壇年會時，有人問蓋茲（Bill Gates）「先生，你是不是同意這樣的說法：在網路時代，年輕人追求的都是無聊低俗的文化，社會的整體文化素質在下降？」蓋茲想了想說：「我很羨慕時下的年輕人，他們任何的好奇心，馬上可以得到滿足，網路的特點是『即時』（instant）。我年輕的時候只能被動地看電視，他們給什麼我們看什麼，沒有選擇。」蓋茲的回答這樣積極向上，我當時很受啓發，因爲我也有和那位提問題的人一樣的困惑，但確實與電視相比，網路顯然更優勝，它即時、互動、扁平化、大眾化。

周看說

前幾天我見到我的一位好朋友周看（Joe Kahn），他是《紐約時報》中國分社社長。他說現在《紐約時報》的發行量有兩百萬，和五年前沒有太大的變化，而網上《紐約時報》的閱讀量超過兩千萬，這是五年前沒有的，是報紙發行量的十倍。有了網路，《紐約時報》的影響力遠遠比以前大，它覆蓋的讀者面也比以前要廣，以前那些在美國的邊遠城市不能當天閱讀到《紐約時報》的人，只好看當地的報紙，區域性的小報紙質量不一定很高，但沒有選擇。據說現在這種小報紙很受網路的衝擊，很多被擠垮了。而周看自己發表在《紐約時報》的任何一篇關於中國的文章，當天就能在中文網上找到它的中文版。我問他是誰翻譯的，他也不知道，但估計渠道很多。

芙蓉姐姐

我第一次聽說部落格是我的助理于克小姐告訴我的，當時部落格上的紅人是「芙蓉姐姐」。于克打開「芙蓉姐姐」的部落格給我看，我差點兒沒笑死。很多她的照片，扭著身子做出各種誘惑的姿態，站在名車前的「香車美人」式，半躺在草地上撥弄著長髮的「瓊瑤小說」式，都是我們常見到的「大美人」的姿態。可是芙蓉姐姐做這樣的姿勢十分搞笑，當時我們幾個一起看部落格的人都笑得前仰後翻。

潘石屹開部落格

芙蓉姐姐給我的印象太深，等潘石屹告訴我他也開部落格，我當時覺得他瘋了。我採用了冷漠的態度對待他的部落格，不看，不聽，不談論。去年聖誕節我們一家到倫敦去，住在飯店裡，沒有書房，每天我都看見潘石屹一早起來走進廁所，囑咐孩子們不要去打擾他，就聽見他在裡面不停地說上半小時。後來我才知道，他每天是在廁所裡「說部落格」，打電話給北京，他一邊說，那邊的打字員就一邊打，幾分鐘後就掛到網上了。我們回到北京，家裡的親人、公司的同事都知道我們在倫敦每一天的活動，還配上生動的彩色照片，好像大家都和我們一起去度假了。

這以後我就開始每天看潘石屹的部落格，他幾乎每天都寫，內容很廣，但都是身邊的事情，上網看他部落格的人也越來越多，早前一篇文章的瀏覽量幾千，後來有幾萬，有的熱門話題還超過十五萬。評論的人也五花八門，哪兒來的都有，看的出有熟人，有仰慕者，有討厭他的人，但總的來說還是比較積極。這一波的部落格也從芙蓉姐姐、菊花妹妹類的，升格爲「名人部落格」，網友們對名人的生活還是很感興趣，但從另一個角度看，所謂名人也走下神壇，走到網友的生活中來，名人也是網友的一份子，「看」的和「寫」的界線模糊了，距離沒有了，世界變平了。

湯馬斯．佛里曼的《世界是平的》

佛里曼說世界從「圓」變成「平」經歷了三個階段。

當然是哥倫布首先發現世界是「圓」的，從一四九一年到一八〇〇年第一階段：一批歐洲國家，高舉殖民主義和宗教的旗幟，帶著蒸汽機和大炮先走出去，他們消除了很多國家間的圍牆，國家與國家間的交往距離拉近了。那時的他們熱衷的問題是：我的國家如何與其他國家競爭，或合作？這是政府行為。

第二階段從一八〇〇～二〇〇〇年，這是工業革命的年代，走出去的主要是跨國企業（Multi-national Corperations），他們把世界的距離拉得更近，地球更平了。企業關注的問題是我的企業如何在全球的市場中競爭？這是企業行為。

第三階段從二十一世紀開始，世界完全「平」了。一個人，一個個體，通過一個網路實現了和全世界的連接，他可以是來自世界任何角落的，任何膚色的，不論性別、信仰、種族，他可以和全世界的人、全世界的企業、全世界的國家合作，競爭，交流。這是個人行為。

我的疑惑

我一直在想，有了網路人類的精神發展是進步了還是後退了？作為人生的信仰，我從不懷疑人類整體的質量一天比一天好。與五百年前比，我們人類的身體更健康了，壽

長城腳下的公社：三號別墅

命更長了。以前很多女人因爲生孩子而難產死亡，今天我的女朋友裡有好幾位是四十多歲的高齡產婦，她們的孩子也很可愛健康。人類的智力也提高了，普及教育使更多人的能量被釋放。乍一看網路，覺得亂哄哄，網友只欣賞芙蓉姐姐，但仔細想想不然。看芙蓉姐姐的人很多，但同時《紐約時報》的閱讀量也從兩百萬增加到一千兩百萬；應該說網路迅速地擴大了普及教育，使本來只屬於小範圍的菁英文化變成大眾文化，我倒是覺得「菁英」這個詞會很快消失，而社會的整體文化水平因爲有了網路而大大提高了，世界更變平了。

今天我的一位女朋友來電話說，她也要開部落格，我問她爲什麼，她說：我也有話要說啊！對，你說，我說，他說，人人都可以說。

INK PUBLISHING 文學叢書 199

童年的糖是最甜的

作　　者　潘石屹
總 編 輯　初安民
責任編輯　施淑清
美術編輯　陳文德　黃昶憲
校　　對　施淑清

發 行 人　張書銘
出　　版　INK 印刻出版有限公司
台北縣中和市中正路 800 號 13 樓之 3
電話：02-22281626
傳真：02-22281598
e-mail : ink.book@msa.hinet.net
網　　址　舒讀網 http://www.sudu.cc

法律顧問　漢廷法律事務所
劉大正律師
總 代 理　展智文化事業股份有限公司
電話：02-22533362 · 22535856
傳真：02-22518350
郵政劃撥　19000691 成陽出版股份有限公司
印　　刷　海王印刷事業股份有限公司

出版日期　2008 年 8 月　初版
ISBN　978-986-6631-14-6
定　　價　299 元

國家圖書館出版品預行編目資料

童年的糖是最甜的／潘石屹著：
－－初版，－－臺北縣中和市：INK 印刻文學，
2008.08　面；　公分（文學叢書：199）
ISBN 978-986-6631-14-6（平裝）

855　　97009088